As antenas do caracol

Dirce Waltrick do Amarante

AS ANTENAS DO CARACOL

Notas sobre literatura infantojuvenil

ILUMI//URAS

Copyright © 2012
Dirce Waltrick do Amarante

Copyright © desta edição
Editora Iluminuras Ltda.

Capa
Eder Cardoso / Iluminuras
sobre ¿*Si sabrá más el discípulo?*, da série *Los Caprichos*, n. 37 (1799),
gravura e guache sobre papel [21,5x15 cm], de Francisco de Goya.

Revisão
Júlio César Ramos

CIP-BRASIL. CATALOGAÇÃO-NA-FONTE
SINDICATO NACIONAL DOS EDITORES DE LIVROS, RJ

A52

Amarante, Dirce Waltrick do
  As antenas do caracol : ensaios sobre literatura infantojuvenil / Dirce Waltrick do Amarante. - São Paulo : Iluminuras, 2012 – 1. Ed., 1. reimp. 2012.
  22,5 cm

  ISBN 978-85-7321-374-4

  1. Literatura infantojuvenil brasileira. I. Título.

12-2138.   CDD: 028.5
             CDU: 087.5

04.04.12 12.04.12
034508

2012
EDITORA ILUMINURAS LTDA.
Rua Inácio Pereira da Rocha, 389
05432-011 - São Paulo - SP - Brasil
Tel./Fax: 55 11 3031-6161
iluminuras@iluminuras.com.br
www.iluminuras.com.br

*Para os meus primeiros leitores,
Sérgio Luiz e
Bruno Napoleão.*

SUMÁRIO

Nota prévia, 11

PARTE I
(Casos concretos)

Quase a mesma coisa: Irmãos Grimm em quadrinhos, 15
E o teatro infantil?, 21
Monteiro Lobato censurado, 27
Monteiro Lobato, um monumento?, 33
O presidente negro: um olhar brasileiro sobre
  a eugenia nos Estados Unidos da América, 43
Imagem e forma: dois aspectos dos
  limeriques de Edward Lear, 55
O *nonsense* de Edward Lear através do espelho, 69
O pulo do gato: pequena editora irlandesa
  publica conto inédito de Joyce para crianças, 81
A importância da literatura:
  por quê discutimos o óbvio?, 85
Os elefantes que atormentam as crianças, 91
"Planeta leitura" e a crise do ensino da literatura, 95

PARTE II
(Notas teóricas)

Sobre os conceitos de criança e infância, 107
Sobre arte, um gosto artificialmente adquirido, 121

Sobre arte, ética e educação, 127
Referências, 133

NOTA PRÉVIA

Dirce Waltrick do Amarante

Leitora ávida de livros infantojuvenis, também costumo resenhá-los e discuti-los em palestras e em sala de aula, na universidade onde trabalho. Os ensaios enfeixados neste volume testemunham a minha convivência com esse tipo de texto.

Divido este livro em duas partes: na primeira, que denomino "casos concretos", analiso livros e seus enredos, assumindo posições pessoais, pois acredito que o assunto desperta nos fruidores e estudiosos necessariamente paixão.

Completam essa amostra de minha intervenção no campo da literatura infantojuvenil algumas "notas teóricas" que julgo essenciais para levar adiante e aprofundar os fatos e as obras que discuto aqui.

O título deste livro é uma homenagem ao importante ensaio, assinado por Adorno e Horkheimer, "Sobre a gênese da burrice",[1] no qual, a respeito da educação, os filósofos associam o caracol à formação da sensibilidade e ao desenvolvimento da inteligência humana.

Por fim, construo minhas reflexões "recortando e colando" pensamentos de autores que admiro — nisso sou fiel a um gesto da infância. Afinal, afirma Antoine Compagnon, "recorte e colagem são modelos do jogo infantil".[2] Recorte e colagem são, igualmente, "as experiências fundamentais com o papel, das quais a leitura e a escrita não são senão formas derivadas, transitórias, efêmeras [...]. A leitura e a escrita são substitutos

---

[1] ADORNO, Theodor W.; HORKHEIMER, Max. *Dialética do esclarecimento*: fragmentos filosóficos. Rio de Janeiro: Jorge Zahar, 1986.
[2] COMPAGNON, Antoine. *O trabalho da citação*. Belo Horizonte: Editora da UFMG, 1996, p. 11.

[sic] *desse jogo [...]. Gosto do segundo tempo da escrita, quando recorto, junto e recomponho. Antes ler, depois escrever: momentos de puro prazer preservado".*[3]

Alegria da bricolagem, um prazer nostálgico do jogo da criança. Não seria esse, de fato, o prazer de escrever?[4]

---

[3] COMPAGNON, op. cit., pp. 11-2.
[4] COMPAGNON, op. cit., p. 12

PARTE I

Casos concretos

QUASE A MESMA COISA: IRMÃOS GRIMM EM QUADRINHOS

A publicação de *Irmãos Grimm em quadrinhos*,[1] uma surpreendente antologia de catorze contos dos filólogos alemães Jacob e Wilhelm Grimm, "reinventados pela nova geração de quadrinistas brasileiros", fez-me lembrar de um diálogo entre os escritores argentinos Adolfo Bioy Casares e Jorge Luis Borges a respeito das adaptações para o público jovem.

Certa vez, Bioy Casares disse a seu amigo Borges que, quando criança, ele era "muito *snob* e não lia os livros da Biblioteca Araluce, porque eram obras famosas, adaptadas para crianças (lia livros para crianças, como *Pinóquio*, mas não admitia grandes obras adaptadas para crianças)".[2] Borges rapidamente concordou com ele: "acontecia algo parecido comigo. Certa vez lia com muito orgulho uma *História da Grécia* até perceber que na página de rosto dizia *Adaptada para crianças*".[3]

De um modo geral, as adaptações provocam no leitor adulto e infantil (principalmente naqueles mais exigentes) uma certa desconfiança, ainda que esse leitor concorde com Ferreira Gullar, o qual, ao se referir à sua própria adaptação de *Dom Quixote*, afirma que não pretendia "obviamente dispensar a leitura do texto original e, sim, pelo contrário, induzir o leitor a buscá-lo mais tarde, com tempo e disposição, para usufruir-lhe toda a riqueza de ideias [...]".[4]

---

[1] OG, Daniel; ALLEX, Alan (orgs.). *Irmãos Grimm em quadrinhos*. Rio de Janeiro: Desiderata, 2007.
[2] CASARES, Adolfo Bioy. *Borges*. Buenos Aires: Destino, 2006, p. 143.
[3] Idem.
[4] CERVANTES, Miguel de. *Dom Quixote de la Mancha*. Ferreira Gullar (trad. e adap.). Rio de Janeiro: Revan, 2002, p. 9.

Embora se duvide delas, as adaptações são inerentes a algumas formas narrativas, como, por exemplo, os contos da tradição oral, que sobrevivem ao longo do tempo graças às adaptações que os tornam sempre interessantes aos diferentes leitores. Segundo as teorias de Vladimir Propp e Claude Lévi-Strauss, aliás, todos os contos do mundo são variações de um único modelo de conto. Isso não significa, no entanto, que uma determinada versão não possa se consolidar e ser transmitida num determinado local com precisão durante gerações. A esse respeito, Wilhelm Grimm opinava, no século XIX, que

> aqueles que dizem que os textos da tradição oral não podem ser transmitidos com exatidão porque são continuamente adulterados, e que por isso é impossível que perdurem em sua forma exata, tinham que escutar essa mulher [numa referência a Katherina Viehmann, uma camponesa de Niederzwehren, que contou a ele e seu irmão Jacob Grimm dezenove fábulas], que nunca se afasta de sua narração e é cuidadosa com os detalhes. Quando repete uma história, nunca faz mudanças, e se ela se equivoca em algum ponto, ela corrige. Num povoado que segue um antigo modo de vida sem mutações, a fidelidade aos modelos herdados é tão intensa que, para nós, se torna incompreensível, dada a nossa mania pelo diferente.[5]

O fato é que, uma vez cristalizados nas páginas de um livro, esses contos mutantes adquirem *status* de versão definitiva, principalmente quando ganham um autor específico. Sucedeu assim com os contos que integram as antologias de Charles Perrault, Jacob e Wilhelm Grimm ou Hans Christian Andersen, para citar os clássicos da literatura infantojuvenil. Porém, a "Cinderela" de Perrault, publicada no século XVII, não é "A Gata Borralheira" dos irmãos Grimm, publicada posteriormente: apesar de as duas versões serem semelhantes, seus finais não coincidem de modo algum. Além disso, os contos recolhidos pelos

---

[5] CALVINO, Italo. *De fábula*. Madri: Siruela, 1990, pp. 88-9.

irmãos Grimm, convém lembrar, converteram-se, no decorrer do século XIX, quando a produção de livros para crianças começou a tornar-se expressiva, em fonte de inúmeras traduções, adaptações e simplificações. Desse modo, "narrados aqui e ali, de livro em livro, de tradução em tradução", como lembra Italo Calvino, "os contos dos Grimm retornam ao grande mar da tradição oral de onde saíram, ancorando na melhor das hipóteses em suas margens mais distantes".[6]

Mas, certamente, o problema não está nas diferentes traduções dos contos e sim nas adaptações ruins ou simplificadas demais, que, visando agradar imediatamente ao público infantil, deixam de lado os aspectos considerados "truculentos", "bárbaros" e, por vezes, "ilógicos" desses contos. As edições mais bem-comportadas salientam apenas suas características morais e edificantes, mas, ao fazê-lo, deformam de tal modo o texto de origem que deste, às vezes, muito pouco é preservado.

Com alguma desconfiança, li *Irmãos Grimm em quadrinhos*, mas, concluída a leitura, posso afirmar que essa obra consegue resgatar a fé dos leitores na adaptação (aconteceu comigo) e, parece-me, não desapontaria de modo algum os jovens "*snobs*" Bioy Casares e Jorge Luis Borges, tão avessos a adaptações para crianças, como se viu.

É certo que, em *Irmãos Grimm em quadrinhos*, a diversidade semiótica entre o texto original (cuja linguagem é verbal) e os desenhos anuncia desde logo a obrigatoriedade da adaptação, já que "um dado sistema semiótico", como afirma Umberto Eco, "pode dizer seja mais, seja menos que um outro sistema semiótico, mas não se pode dizer que ambos sejam capazes de exprimir as mesmas coisas".[7] Assim, nos quadrinhos brasileiros, a protagonista do conto "Margaret Esperta", adaptado por Roberta Lewis,

---

[6] Idem, p. 93.
[7] Eco, Umberto. *Quase a mesma coisa*. Rio de Janeiro: Record, 2007, p. 378.

é retratada de forma bastante caricata: uma mulher feia, mas vaidosa, muito maquiada, com longos cílios e boca e bochechas bem marcadas, beirando a vulgaridade. Na versão original do conto, no entanto, sabemos apenas que a protagonista era uma cozinheira, certamente vaidosa, "que usava sapatos com salto vermelho, e, quando saía com eles, caprichava nos passos e, muito satisfeita da vida pensava: 'Não há dúvida de que sou uma moça bonita!'".

Isso demonstra, ainda de acordo com Eco, "como a transmutação de matéria *agrega* significados ou torna relevantes conotações que não o eram originalmente".[8]

Não obstante essas diferenças entre o texto original e o texto adaptado, grande parte dos quadrinhos conserva não apenas a atmosfera original dos contos dos filólogos alemães, como também o enredo dessas histórias, surpreendendo os leitores desavisados com uma sucessão de peripécias por vezes brutais e violentas, diferente daquelas versões adocicadas à venda nas prateleiras dos supermercados, as quais se querem "inocentes" produtos de consumo.

Na versão de "A Gata Borralheira", o quadrinista Fido Nesti, por exemplo, não ameniza o destino cruel das irmãs malvadas da Borralheira, as quais, depois de cortarem, uma, o dedo, e a outra, o calcanhar, num impressionante derrame de sangue, para que seus respectivos pés coubessem no sapatinho da irmã, têm os olhos furados por pombos justiceiros ou vingativos, tal como sucede na versão alemã do conto: "Assim, a maldade e a falsidade delas foram punidas para o resto da vida com a cegueira...".

Mas, como em toda adaptação, a tomada de posição crítica constitui o próprio cerne do processo, o que já não acontece numa tradução, em que essa posição é implícita. Grande parte dos quadrinistas brasileiros optou por uma versão mais erótica dos contos, o que conferiu uma unidade de tom ao conjunto. Os momentos de intimidade

---

[8] Idem, p. 382.

entre o príncipe e Rapunzel, na adaptação de Fabio Lyra, estão explicitados, enquanto em "Hansel e Gretel (João e Maria)", de Carlos Ferreira e Walter Pax, vemos a bruxa andar seminua pela casa. No tocante à linguagem, os adaptadores recorreram ao uso de gírias atuais, criando um anacronismo linguístico que confere tom cômico aos contos, como se pode perceber neste diálogo entre o burro e o cão de "Os Músicos de Bremen", adaptado por Vinicius Mitchell: "Ei, por que está ofegando tanto camarada?", diz o burro ao cão, que responde: "Estou velho e fraco. Meu dono quer me matar! Então fugi. Não consigo nem acompanhar a matilha... Não sirvo mais pra muita coisa! Como vou batalhar meu rango?"

Irmãos Grimm em quadrinhos, uma elogiável adaptação, é também um irresistível convite para conhecer melhor o universo dos irmãos Grimm.

E O TEATRO INFANTIL?

Em *No reino da desigualdade*, Maria Lúcia de Souza B. Pupo afirma que "uma heterogeneidade básica marca de forma determinante o teatro infantil: o emissor da mensagem é o adulto artista, detentor de um poder assegurado por sua condição de idade enquanto o receptor é uma criança desprovida desse poder." A estudiosa prossegue concluindo que "tal heterogeneidade se agrava ainda mais quando se constata que, além da criação propriamente direta, o adulto em geral possui também a prerrogativa de decidir quando levar a criança ao teatro e a qual espetáculo assistir".[1]

Essa heterogeneidade, a que se refere Maria Lúcia Pupo, não é uma prerrogativa exclusiva do teatro infantil. Os produtos culturais infantis, de um modo geral, são produzidos e escolhidos pelos adultos. As crianças os recebem sempre "de cima".

A respeito do livro infantil, a lúcida Cecília Meireles já opinava que

> [...] em suma, o "livro infantil", se bem que dirigido à criança, é de invenção e intenção do adulto. Transmite os pontos de vista que este considera mais úteis à formação de seus leitores. E transmite-os na linguagem e no estilo que o adulto igualmente crê adequados à compreensão e ao gosto do seu público.[2]

O que ela disse no século XX é plenamente válido hoje.

Em *Infância*, o romancista Graciliano Ramos conta que, quando despertou seu interesse pela leitura, "apareceu uma dificuldade, insolúvel durante meses. Como adquirir

---

[1] Pupo, Maria Lúcia de Souza B. *No reino da desigualdade*. São Paulo: Perspectiva, 1991, p. 19.
[2] Meireles, Cecília. *Problemas da literatura infantil*. Rio de Janeiro: Nova Fronteira, 1984, p. 29.

livros?".[3] "Eu precisava ler", ele relembra nesse relato autobiográfico, "não os compêndios escolares, insossos, mas aventuras, justiça, amor, vinganças, coisas até então desconhecidas. Em falta disso, agarrava-me a jornais e almanaques, decifrava as efemérides e anedotas das folhinhas."[4] Eram esses "retalhos", como ele próprio diz, que mantinham vivo o seu interesse pelos livros.

A literatura, qualquer que seja a faixa etária a que ela se dedique, parece estar mais à mão das crianças do que o teatro, pelo simples fato de que a primeira está nos livros e o segundo, nos palcos. Mesmo que muitas vezes as escolhas literárias sejam previamente feitas pelos adultos, as crianças podem ler diferentes fragmentos de livros, aqui e ali, reproduzidos em jornais, em revistas, na internet, nutrindo-se de "retalhos", como fez Graciliano Ramos no interior do Nordeste, no século passado.

O teatro, seja ele infantil ou não, parece não oferecer tantas opções assim. Aliás, concordo com Maria Lúcia Pupo quando afirma que o "agravante" do teatro infantil é que ele pressupõe um adulto que decida quando levar a criança a uma peça. De fato, sem essa decisão dos pais ou professores, o palco continuará distante dela.

Porém, o teatro infantil (às vezes não só ele) costuma ser um programa pouco atraente para os adultos, que parecem guardar na memória a experiência de assistir a peças cheias de boas intenções morais, mas nenhuma grande intenção estética.

No ensaio "O teatro para crianças e adolescentes", de 1954, o médico, poeta e educador Júlio Gouveia, que adaptou para o teatro uma série de histórias do sítio do Picapau Amarelo, a pedido do próprio Monteiro Lobato, afirmou o seguinte:

---

[3] RAMOS, Graciliano. *Infância*. São Paulo: Record, 2000, p. 211.
[4] Idem, p. 211.

desnecessário seria enfatizar que, entre as várias funções do teatro para crianças, uma das mais importantes — talvez a mais importante — é a função de educar [...]. Educar é fornecer os instrumentos intelectuais, morais e éticos necessários à criança (e ao ser humano em geral) visando à sua integração individual, familiar e social, consciente e responsável [...]. Educar uma criança é integrar a sua personalidade dentro da sociedade.[5]

Ao subordinar a estética teatral a preceitos morais, o mesmo educador também insiste nos enredos tradicionais, não defendendo um teatro infantil mais criativo e experimental:

uma peça sem conflito, sem "nó dramático", pode até resultar numa contribuição estética de qualidade, mas a permanência dessa contribuição e a sua incorporação à personalidade da criança serão duvidosas — justamente por faltar a participação afetiva que só o conflito pode produzir, porque somente essa participação afetiva é capaz de fixar o resultado das experiências vividas.[6]

Para certos estudiosos e profissionais do teatro infantil contemporâneo, as ideias expostas no mencionado ensaio, embora, a meu ver, indefensáveis hoje, são ainda consideradas válidas. Pedagogos e diretores avessos à autonomia estética do teatro infantil costumam defendê-las. Felizmente, quase meio século depois das primeiras adaptações de Lobato ao teatro, surgiram no Brasil ideias arrojadas sobre o teatro para crianças, o que originou algumas peças sem grande lição de moral, mas com uma proposta estética inovadora. Citaria, à guisa de exemplo, a montagem *Esperando Gordô*, da Cia. Lona de Retalhos (São Paulo), em 2009, uma ousada adaptação de *Esperando Godot*, do dramaturgo irlandês Samuel Beckett, que procura manter a mesma proposta estética do texto

---

[5] GOUVEIA, Júlio. "Posfácio", in BELINKY, Tatiana (org.). *Antologia de peças teatrais:* mas esta é uma outra história... São Paulo: Moderna, 2005, p. 59.
[6] Idem, p. 63.

original, um dos pilares do chamado "teatro do absurdo", por mais equívoca que seja essa denominação.

No início de 2011, Allan Sieber publicou uma tirinha na *Folha de S. Paulo*, onde vemos uma criança desesperada com o fato de ter que ir a uma peça de teatro infantil.

A tirinha de Sieber foi bastante criticada pelos profissionais do teatro, não só do teatro infantil, que não puderam perceber que a criança poderia ser na verdade o *alter ego* do adulto, daquele adulto que se acostumou a ir ao teatro para receber lições de bom comportamento à moda do teatro de Júlio Gouveia.

Nem todos os adultos guardam, porém, uma imagem negativa do teatro infantil. Na infância, o consagrado dramaturgo Eugène Ionesco foi grande apaixonado pelo teatro, principalmente o de bonecos: "O espetáculo de bonecos me prendia, como hipnotizado, à vista daquelas marionetes que falavam, andavam e brigavam".[7] O teatro que Ionesco apreciava era justamente o que não trazia ensinamentos morais explícitos, mas uma versão grotesca do mundo, que estimulava a sua imaginação. Aliás, Ionesco declarou mais de uma vez que ele pensava como Nabokov, ou seja, que o escritor, ou o dramaturgo, não deveria entregar mensagens, pois não é carteiro.

[7] ESSLIN, Martin. *O teatro do absurdo*. Rio de Janeiro: Zahar Editores, 1968, p.119.

A polêmica em torno da tirinha de Sieber, insuflada pelos adultos, trouxe à tona outro problema: o da crítica da produção cultural para crianças. No tocante à pertinência da crítica do livro para crianças, Cecília Meireles expôs o problema muito bem:

> [...] em lugar de julgar o livro infantil como habitualmente se faz, pelo critério comum dos adultos, mais acertado perece submetê-lo ao uso — não estou dizendo à crítica — da criança, que, afinal, sendo a pessoa diretamente interessada por essa leitura, manifestará pela sua preferência, se ela satisfaz ou não.[8]

Em lugar de os adultos ficarem discutindo a qualidade "moral" do teatro infantil, eles deveriam, isso sim, levar as crianças a todo tipo de teatro, a espetáculos especialmente feitos para elas ou não, já que nunca se sabe o que realmente agradará à criança; afinal, como disse Cecília Meireles, "pode até acontecer que a criança, entre um livro [ou um espetáculo] escrito especialmente para ela e outro que não foi, venha a preferir o segundo. Tudo é misterioso nesse reino que o homem começa a desconhecer desde que começa a abandonar".[9]

---

[8] MEIRELES, op. cit., p.30.
[9] MEIRELES, op. cit., p. 30.

MONTEIRO LOBATO CENSURADO

Em 2010, um livro, mais exatamente um clássico infantil, deu dores de cabeça ao alto escalão do governo brasileiro. Tentou-se, impensadamente, bani-lo das bibliotecas escolares, sobretudo das públicas. Essa inesperada censura, apenas anunciada, não foi levada avante porque o Ministério da Educação recuou diante de uma avalanche de protestos de leitores, educadores, intelectuais, artistas, etc. Pergunta-se agora: o que estaria havendo nos bastidores cada vez mais sombrios do Conselho Nacional de Educação?

No dia 1º de setembro de 2010, a professora Nilma Lino Gomes, funcionária da UFMG e conselheira da Secretaria de Alfabetização e Diversidade do MEC, acolhendo reclamação de Antônio Gomes da Costa Neto, técnico em Gestão Educacional da Secretaria do Estado da Educação do Distrito Federal e mestrando em Educação na UnB (veja só!), decidiu que o livro *Caçadas de Pedrinho*, de Monteiro Lobato, deveria ser excluído da lista de livros do Programa Nacional Biblioteca da Escola. Com isso, as crianças das escolas públicas não teriam mais acesso a essa obra de Lobato, considerada um clássico da literatura nacional, que, sabidamente, formou milhões de leitores, desde a sua publicação até hoje. O motivo dessa censura, felizmente "abortada", é a alegação de que a obra teria conteúdo racista.

Numa frase pouco esclarecedora, Nilma Gomes resume o fundamento do pedido do requerente (Parecer CNE/CEB n. 15/2010:

> a crítica realizada pelo requerente foca de maneira mais específica a personagem feminina e negra tia Nastácia e as referências aos personagens animais tais como urubu, macaco

e feras africanas. Estes fazem menção revestida de estereotipia ao negro e ao universo africano, que se repete em vários trechos do livro analisado.[1]

A censura ao livro de Lobato é, sem dúvida, resultado da leitura míope ou ligeira que, sobretudo hoje, se faz de sua obra, considerada monumento literário intocável. Leitura essa que resiste em tratar seriamente as ideias paradoxais contidas nos livros do escritor, no tocante à raça, cultura etc. Depois dessa tentativa de censura inaceitável, instalou-se, repentinamente, uma briga do "bem contra o mal" dentro da obra de Lobato, quando, na verdade, essas duas "forças" aparentemente opostas, se é possível dizer dessa forma, são inerentes aos textos do criador do sítio do Pica-pau Amarelo, não podendo ser extirpadas deles. Desse modo, se por um lado tia Nastácia é "a negra beiçuda e ignorante", como escreve o autor, por outro lado são suas histórias que Lobato destaca num livro muito conhecido, que recebe o nome dela: *Histórias de Tia Nastácia*.

Em *Caçadas de Pedrinho*, para citar outro exemplo do paradoxo em questão, enquanto Dona Benta cai sentada de susto com a notícia da caçada da onça, é tia Nastácia, "mais corajosa", quem se aproxima do bicho. Quanto ao fato de tia Nastácia "trepar" como "uma macaca de carvão", há que se recordar que, ainda hoje, quando vemos uma criança subindo em árvore, ou escalando os brinquedos de um parque, costumamos dizer que ela se parece com uma "macaquinha". Certas expressões tipicamente populares dão, de fato, sabor brasileiro à obra de Lobato e revelam tanto uma opção literária quanto uma visão

---

[1] BRASIL. Conselho Nacional de Educação. *Parecer CNE/ CEB n. 15/20210*. Disponível em: <http://portal.mec.gov.br/index.php?option=com_content&view=article&id=12992:diretrizes-para-a-educacao-basica&catid=323:orgaos-vinculados>. Acesso em: 19 mar. 2012.

de mundo que é de toda uma época, muito mais que do autor, exclusivamente. Isso não isenta, é claro, o escritor de responsabilidade pelo que transcreve ou recria dessas fontes populares, mas também não se deve por isso condená-lo ou censurá-lo, como se cada dito popular estivesse na obra para veicular exclusivamente racismos e preconceitos. Esse tipo de leitura anacrônica e intolerante é inaceitável.

No final do livro que esteve no centro da polêmica, tia Nastácia toma o lugar de Dona Benta no "carrinho" que esta usava para excursionar pelo sítio, numa demonstração de alternância "natural" de poder, embora, mesmo assim, tia Nastácia precise reafirmar (e convicção para isso não lhe falta) a igualdade de condições entre negros e brancos: " — Tenha paciência — dizia a boa criatura. — Agora chegou a minha vez. Negro também é gente, Sinhá [...]".[2]

Convém lembrar também que, em *Caçadas de Pedrinho*, tanto Dona Benta quanto tia Nastácia são seguidamente chamadas de "velhas", adjetivo muito usado na época e que não tem conotação pejorativa, como se verifica analisando a obra. Lemos, também, no mesmo livro: "Na hora em que a onça aparece, até em pau-de-sebo um aleijado é capaz de subir".[3] Em tempos de posições "politicamente corretas", essa frase certamente parecerá incômoda ou mesmo preconceituosa, mas um leitor mais "atento" sabe que Lobato falava lá da primeira metade do século XX e visava escrever uma frase de cunho humorístico, pinçada do universo brejeiro da falar popular.

Quanto às "feras africanas" e ao "universo africano", mencionados no parecer da ilustre professora, confesso não compreender onde está o problema de Pedrinho desejar morar na África e tampouco percebo nisso uma imagem "estereotipada" do continente africano. Pedrinho, de fato, queria caçar "leões, tigres, rinocerontes, elefantes, panteras,

---

[2] LOBATO, Monteiro. *Caçadas de Pedrinho*. São Paulo: Brasiliense, 2005, p. 43.
[3] Idem, p. 20.

e queixava-se a Dona Benta [...] da pobreza do Brasil a respeito das feras. Chegou a propor-lhe que vendesse o sítio para comprar outro bem no centro de Uganda, que é a região mais rica em leões".[4]

Já as crianças do sítio, essas, sim, são "selvagens", mais do que as feras africanas: "os meninos do sítio de Dona Benta mataram-na [a onça] a tiros e facadas e espetadas, e depois a arrastaram com cipós até lá, ao terreiro".[5] Há aí um exagero típico das aventuras fantasiosas, as quais passam facilmente do maravilhoso ao pesadelo, procedimento que encontramos em narrativas populares e literárias do mundo todo, e que os gibis de ontem e de hoje também utilizam, para não mencionar o cinema de Hollywood.

É preciso estudar o contexto histórico da obra de Monteiro e estudar as expressões da época, sem ignorar, é claro, as tomadas de posição do autor, que nem sempre são as que queríamos que ele assumisse em seus livros. Lobato fez parte de uma sociedade eugenista, por exemplo, da qual participaram outros grandes nomes do período, e alguns são celebrados ainda hoje. A historiadora Pietra Diwan traz esse tema à tona em seu livro *Raça pura*,[6] que se tornou ainda mais atual, em vista do que comentei anteriormente. Outro trabalho esclarecedor a ser mencionado é *O cosmopolitismo do pobre*,[7] de Silviano Santiago, em que, num belo ensaio, o autor expõe alguns dos paradoxos de Lobato, numa leitura sem compromissos com a "moral pedagógica".

Quanto aos aspectos eugenistas da obra de Lobato, dos quais muitos críticos costumam se esquivar em suas discussões sobre o grande escritor, lembro que o perigo desse tipo de crítica, para Theodor Adorno, é não permitir sequer o contato com determinadas questões, "rejeitando

---

[4] Idem, p. 24.
[5] Idem, p. 12.
[6] DIWAN, Pietra. *Raça pura*: uma história da eugenia no Brasil e no mundo. São Paulo: Contexto, 2007.
[7] SANTIAGO, Silviano. *O cosmopolitismo pobre:* crítica literária e crítica cultural. Belo Horizonte: UFMG, 2004.

até mesmo quem apenas as menciona". A tentativa de transformar a crítica em passaporte moral pode, isso sim, produzir "rancores raivosos psicologicamente contrários à sua destinação original", para retomar Adorno.[8]

Outra questão preocupante que emergiu desse polêmico parecer foi o fato de a professora ter censurado o livro, sobretudo, como já mencionei, para as crianças das escolas públicas. Isso gera outro preconceito e, infelizmente, alimenta essa dicotomia entre crianças da escola pública e crianças da rede privada, que é uma prática deformadora e corrente nos nossos cursos de pedagogia.

Voltando, porém, ao livro *Caçadas de Pedrinho*, pergunto-me se a verdadeira razão da censura (a razão oculta, inconsciente) não teriam sido as passagens nas quais Lobato faz uma crítica feroz à paralisia do povo brasileiro e à tendência do governo (de todas as épocas) a privilegiar assuntos irrelevantes ou que não lhe dizem respeito, em detrimento das questões realmente urgentes.

Sabe-se que em *Caçadas de Pedrinho* (obra publicada em 1924 e, em segunda edição, em 1933, com acréscimos ao texto) Lobato ironiza o torpor do povo brasileiro, que só se mostra interessado em temas secundários, como, por exemplo, "a fuga de um rinoceronte do circo". Cito Lobato: "'UM RINOCERONTE INTERNA-SE NAS MATAS BRASILEIRAS', era o título da notícia que vinha em letras graúdas em todos os jornais. Durante um mês ninguém cuidou de mais nada."

Além disso, o escritor denuncia a "incompetência do aparato governamental" para resolver até mesmo um problema que não lhe concerne:

> Fazia dois meses que o governo se preocupava seriamente com o caso do rinoceronte fugido, havendo organizado o belo Departamento Nacional de Caça ao Rinoceronte, com um importante chefe geral de serviço, que ganhava três contos por

---
[8] ADORNO, op. cit., p. 124.

mês e mais doze auxiliares com um conto e seiscentos cada um, afora grande número de datilógrafos e "encostados".[9]

Lobato também não esquece de delatar, em *Caçadas de Pedrinho*, as obras onerosas e inúteis construídas pelo governo:

> A linha telefônica foi construída com todo o luxo, como é de costume nas obras do governo [...]. Era a linha mais curta do mundo: com cem metros de comprimento e dois postes apenas, um no terreiro da casa e outro no acampamento dos caçadores.[10]

Mas, antes de transformar a professora Nilma Gomes em bode expiatório, convém verificar, se possível, os pareceres de outros tantos conselheiros do país, que atuam em diferentes áreas país afora. Perceber-se-á talvez que, como fala Zygmunt Bauman, "numa burocracia, as preocupações morais dos funcionários são afastadas do enfoque na situação angustiosa dos objetos da ação". Suas preocupações são apenas "a tarefa a realizar e a excelência com a qual é realizada"; o resto não importa.[11] Ou, como diria um certo detetive, X B2, do mencionado livro de Lobato: "— não discuta os nossos processos, menina impertinente – disse com cara feia, o detetive X B2. — O governo sabe o que faz, torno a dizer".[12]

Gostaria em todo caso de recomendar à professora Nilma, e ao reclamante Antônio Gomes da Costa Neto, que voltassem logo às páginas de *Caçadas de Pedrinho*. Poderiam, quem sabe, usar com proveito o seguinte conselho de Narizinho: "As grandes coisas devem ser bem pensadas e não podem ser decididas assim, do pé para a mão".[13]

---

[9] LOBATO, Monteiro. *Caçadas de Pedrinho*. São Paulo: Brasiliense, 2005, p. 16.
[10] Idem, p. 36.
[11] BAUMAN, Zygmunt. *Modernidade e holocausto*. Rio de Janeiro: Jorge Zahar, 1998, p. 186-7.
[12] LOBATO, op. cit., p. 37.
[13] Idem, p. 33.

MONTEIRO LOBATO, UM MONUMENTO?

Num pequeno ensaio intitulado "Monumentos", Robert Musil afirma que a característica mais surpreende e paradoxal dos monumentos reside no fato de terem sido erguidos para chamar a atenção, mas, apesar disso, "ninguém os nota", ou, como enfatiza, "não há no mundo inteiro nada tão invisível quanto os monumentos".[1]

Ser invisível, contudo, não significa não ter nenhuma utilidade. Algumas estátuas, lembra o autor de *O homem sem qualidades*, são usadas como "bússola ou ponto de referência", ou como "ilha de proteção".

Não há como não citar aqui, para exemplificar melhor o que diz Musil, a "monumental" obra para crianças de Monteiro Lobato, a qual, do mesmo modo que as estátuas citadas acima, é a bússola e o ponto de referência da literatura infantil brasileira, constituindo um refúgio seguro e estável para a crítica especializada. Contudo, tal como sucede com os outros monumentos, parece que essa obra literária não é mais "notada" ou "lida" como devia. Aliás, parece mesmo que ela repousa há muito tempo em paz, sob a seguinte inscrição lapidar: "Lobato, crianças", quando deveríamos nos perguntar se ela ainda é literatura infantil, ou seja, se é lida com prazer pelas crianças, condição essencial para a definição dessa literatura, segundo Cecília Meireles, uma autora que entendia muito bem do assunto.

Na 21ª Bienal do Livro, ocorrida em São Paulo em 2010, entre aplausos e toda sorte de elogios, Monteiro

---

[1] MUSIL, Robert. *"O melro" e outros escritos de "Obra póstuma publicada em vida"*. São Paulo: Nova Alexandria, 1996, p. 48.

Lobato foi relembrado por seus velhos leitores, aqueles que o conheceram em vida. A homenagem ao homem Lobato foi, certamente, válida, mas a sua obra, em particular a dedicada ao público infantil, permaneceu, ao final da homenagem, tão imóvel quanto a bandeira trêmula, sem vento, na mão de uma estátua de bronze, de que fala Musil, ao descrever a forma como escultores "tentam representar um general ou um príncipe".

Tentando agora me lembrar do que ouvi na referida homenagem, posso afirmar que, não fosse por uma menção rápida e inusitada, mas entusiasmada, de Lygia Fagundes Telles ao índio, tal como este, segundo ela, fora retratado na obra para crianças de Lobato, eu e os demais espectadores, suponho, sairíamos dessa cerimônia como entramos: sem nenhuma surpresa estética, nenhuma informação nova, nenhum entusiasmo renovado pela obra de Monteiro Lobato. Essa obra oscila, como diria Musil, entre uma torre comemorativa que obstrui a paisagem e um daqueles monumentos que "o homem procura com um guia de viagem na mão".

Assim, de uma tarde festiva, na Bienal de São Paulo, restaram-me uma ou duas perguntas: em que livro esse índio aparece? Haveria alguma referência a ele em *Histórias de Tia Nastácia*? Nele, por exemplo, dona Benta, , explica uma das histórias contadas por tia Nastácia da seguinte maneira: "Esta história — disse dona Benta — deve ser dos índios. Os povos selvagens inventavam coisas assim para explicar certas particularidades dos animais." Narizinho prossegue: "Se as histórias deles são todas como essa, só mostram muita ingenuidade. Acho que os negros valem mais que os índios em matéria de histórias." Dona Benta parece concordar com Narizinho, já que se cala, e tia Nastácia continua narrando suas histórias. Talvez Lygia Fagundes Telles se referisse aos índios "selvagens" de *Aventuras de Hans Staden*, que "tanta certeza tinham de vencer aos portugueses, que já combinavam o modo de os devorar a todos numa grande festa".[2]

Ou será que Lygia Fagundes Telles fazia, na ocasião, uma referência ao Visconde de Sabugosa? Penso que seria possível, com um pouco de imaginação, é verdade, pensar nesse Visconde como o primeiro homem da cosmogonia ameríndia, aquele que nasce do milho, segundo o *Popol Vuh* dos maias da Guatemala; porém, na obra de Lobato, esse primeiro homem autóctone já vem devidamente moldado pelos "brancos", como sabem os leitores do escritor brasileiro.

O fato mais estranho de todos, na minha opinião, é, ainda hoje, continuarmos a ver Lobato sobretudo com os olhos desses primeiros leitores do escritor, esses mesmos leitores que o homenagearam na Bienal. Já não surpreende, portanto, que a nova geração de estudiosos de Lobato, mais especificamente os especialistas em sua obra chamada infantil, se aproprie das primeiras impressões de leitura desses antigos leitores, acrescentando, a seguir, muito pouco que seja capaz de revelar o que essa obra teria de atual.

A propósito, essa é outra característica do monumento, o qual, segundo Musil, perde seu poder de impressionar, como tudo o que é duradouro, e "ao cabo de poucas horas deixamos de ouvir o [seu] barulho incômodo e permanente".[3]

Para comprovar essa afirmação do escritor austríaco, bastaria folhear alguns ensaios que integram a alentada obra *Monteiro Lobato, livro a livro: obra infantil*,[4] organizada por Marisa Lajolo e João Luís Ceccantini. Cito esse livro em particular por se tratar de uma antologia atual de textos sobre a obra de Lobato, textos escritos por *experts* e jovens pesquisadores.

---

[2] LOBATO, Monteiro. *Aventuras de Hans Staden*. São Paulo: Brasiliense, 1997, p. 11
[3] MUSIL, op. cit., p. 49.
[4] LAJOLO, Marisa; CECCANTINI, João Luís (orgs.). *Monteiro Lobato, livro a livro*: obra infantil. São Paulo: Editora Unesp/Imprensa Oficial do Estado de São Paulo, 2008.

No ensaio "A gramática da Emília: a língua do país de Lobato", de Thaís de Mattos Albieri, lê-se, por exemplo, que *Emília no país da gramática* "abre espaço para um diálogo entre o menino e a avó, no qual se manifesta de forma clara a ideia de Pedrinho (e, junto com ele, por hipótese, dos leitores) sobre gramática: estudar as regras da gramática não passava de uma 'caceteação'".[5] Certamente, Pedrinho e leitores de outra época (da primeira metade do século passado) podiam ter uma opinião "clara" sobre o que era estudar gramática, mas me pergunto se os atuais leitores de Lobato, no século XXI, entenderiam tão facilmente o que quis dizer o narrador do livro, quando, usando uma linguagem "coloquial" do anos 1930, afirma que, ao ser estimulado pela avó a estudar gramática, "[...] Pedrinho rezingou." E o que dizer da frase seguinte: "— Maçada, vovó. Basta que eu tenha de lidar com essa caceteação lá na escola [...]".[6]

O adjetivo "claro", usado no ensaio, parece querer forçar a atualidade da linguagem de Lobato. Ou, se não for isso, caberia concluir que a autora nos fala de algum lugar do passado, onde as frases citadas acima eram bastante usuais. A propósito, muitos estudiosos contemporâneos costumam chamar a atenção para a linguagem de Lobato, afirmando que ela se "aproxima" muito da linguagem das crianças. Caberia perguntar de quais crianças; certamente não são as do século XXI. Isso não significa que a linguagem do livro impeça a sua fruição, mas há que se ter cautela antes de louvar tamanha "clareza" do escritor.

Nesse mesmo ensaio, lemos ainda que, em *Emília no país da gramática*, existem "diálogos que facilitam a compreensão do leitor" a respeito de vários aspectos da gramática. Será? O que dizer do diálogo entre a palavra *Bamba*, que nesse contexto adquire uma dimensão de personagem real, e Pedrinho? Ei-lo:

---

[5] ALBIERI, Thaís de Mattos. "A gramática da Emília: a língua do país de Lobato", in LAJOLO, op. cit., p.261.
[6] LOBATO, Monteiro. *Emília no país da gramática*. São Paulo: Brasiliense, 2005, p. 7.

— Bobo sei o que significa — disse Pedrinho. — Nunca foi gíria.

— Lá em cima — explicou *Bamba* —, *Bobo* significa uma coisa; aqui em baixo significa outra. Em língua da gíria *Bobo* quer dizer relógio de bolso. Quando um gatuno diz a outro: "Fiz um bobo", quer significar que "abafou" um relógio de bolso.[7]

Nessas horas, alguns leitores se lembrarão das lições de Humpty Dumpty, personagem que, no livro *Através do espelho*, também dirigido às crianças, do inglês Lewis Carroll, esclarece o aspecto semântico das palavras da seguinte forma: "são temperamentais, algumas... em particular os verbos, são os mais orgulhosos... com os adjetivos pode-se fazer qualquer coisa, mas com os verbos... contudo, sei manobrar o bando todo! Impenetrabilidade! É o que *eu* digo!".[8]

Para demonstrar o sucesso de *Emília no país da gramática* entre os pequenos leitores, oferece-se no ensaio a citação de uma carta de 1934, na qual uma criança agradece a Lobato o mencionado livro, que teria sido muito "didático" e "esclarecedor". Não teria valido a pena acrescentar no ensaio também uma carta ou comentário de uma criança contemporânea? Mas o que isso importa? A obra de Lobato ainda não chegou ao século XXI, não é mesmo? Contudo, tratar assim a obra de Lobato, para me valer das palavras de Musil, "parece um primor de maldade", pois é uma atitude que mergulha sua obra "num mar de esquecimento",[9] ou, pior ainda, de incompreensão.

A propósito, numa nota de rodapé, a autora do ensaio citado explica o uso da palavra "goto" (tantas outras palavras mereciam uma nota de rodapé!), que aparece, na obra de Lobato, no seguinte contexto: "[...] advérbios novos, que caíram no goto [...]". Ela esclarece, na sua

---

[7] Idem, p. 13.
[8] CARROLL, Lewis. *Alice:* edição comentada. Rio de Janeiro: Jorge Zahar, 2002, p. 205.
[9] MUSIL, op. cit., p. 51.

nota, que "a palavra 'goto', que pelo contexto parece gosto, foi mantida porque está grafada dessa forma na primeira edição do livro".[10] Devo lembrar, porém, que a expressão existe e é vernácula. Segundo o *Dicionário Aurélio*,[11] por exemplo, "cair no goto de" significa "ser objeto de agrado, de simpatia[...]", justamente o que quis dizer Lobato. Isso só demonstra que sua linguagem não é tão "clara" quanto nos querem fazer crer.

Num outro ensaio do livro *Monteiro Lobato, livro a livro: obra infantil*, ao se referir ao livro *Histórias de tia Nastácia*, a pesquisadora Raquel Afonso da Silva aponta, ainda que rapidamente, para a assimetria entre "branco/negro, erudito/popular, letrado/oral" na obra do escritor. Mas, na conclusão de seu texto, exalta apenas o "viés pedagógico" do livro de Lobato, deixando de lado discussões que poderiam "abalar" a imagem consagrada de escritor perfeito para as crianças de todas as raças, épocas e classes sociais.

De fato, há algo de paradoxal na obra de Lobato no tocante à raça, à cultura, etc. Em *Histórias de tia Nastácia*, só para mencionar uma ocorrência do paradoxo mencionado, ao mesmo tempo em que o escritor critica as histórias "grosseiras e bárbaras" da "negra beiçuda", ele também as valoriza a ponto de torná-las acessíveis a seus leitores, ainda que essas histórias sejam aparentemente encaradas por ele não como literatura, mas, conforme diz Pedrinho, "como um estudo da mentalidade do povo". Mas isso não resolve a ambiguidade da apreciação.

Quanto à fala de tia Nastácia, há que se recordar ainda que ela ganha, muitas vezes, destaque nos livros de Lobato, mesmo que suas frases sejam criticadas ou menosprezadas pelos personagens da trama. Como se vê, o estatuto literário das narrações da empregada negra não é nunca simples ou evidente para o leitor.

---

[10] Lajolo; Ceccantini, op. cit., p. 264.
[11] Ferreira, Aurélio Buarque de Holanda. *Aurélio século XXI*: o dicionario da língua portuguesa. Rio de Janeiro: Nova Fronteira, 1999, p. 999.

Num outro estudo, "*'O poço do Visconde'*: o faz de conta quase de verdade", do mencionado livro de ensaios, a autora, Kátia Chiaradia, ao falar de *O poço do Visconde*, afirma, parecendo concordar plenamente com as opiniões de Narizinho, o que é de se estranhar, que "numa grande festa para comemorar o sucesso da descoberta do petróleo, todos (à exceção de tia Nastácia, que não tinha estudos) discursaram sobre o significado da descoberta [...]".[12] Tia Nastácia faz, porém, um discurso, embora ele não seja "como o dos outros", e apesar da seguinte afirmação categórica de Narizinho: "Isso não é discurso".

É preciso salientar, entretanto, que, depois do discurso da tia Nastácia, "todos se comoveram, inclusive Quindim, que pingou uma lágrima do tamanho de uma jabuticaba [...]".[13]

Já que estamos falando de *O poço do Visconde*, eis uma frase que ainda hoje me intriga (e delicia) nesse livro de Lobato, que não recusa sentenças "barrocas" como

> — Depois temos a *Era Mesozoica*, ou *Secundária*, cujos terrenos se compõem de argilas, piçarras, calcários de conchas. Surgem fósseis de plantas já bastante adiantadas, como as coníferas, as cicadácias, os grandes fetos arbóreos; e também fósseis de sapos gigantescos, sáureos enormes, plesiossauros, ictiossauros, lagartões voadores [...][14]

No entanto, a frase que mais me chama a atenção não é tão longa, embora seja tão "enigmática" (tão impenetrável ao primeiro contato, como diria Humpty Dumpty) quanto a que acabei de citar. Trata-se de uma frase proferida por Narizinho. A menina, ao ser indagada por Pedrinho a respeito de como conseguir dinheiro para dar início aos planos de extração do petróleo, desdenhosamente replica: "Isso é lá com você que é homem — respondeu a meni-

---

[12] CHIRARDIA, Kátia. "*O poço do Visconde*", in LAJOLO; CECCANTINI, op. cit., p. 361.
[13] LOBATO, Monteiro. *O poço do Visconde*. São Paulo: Brasiliense, 1972, p. 163.
[14] Idem, pp. 67-8.

na. — Dinheiro é assunto masculino, arrume-se".[15] Dentro de um contexto histórico, a frase deve soar normal; mas, hoje, sem nenhuma explicação dos editores, ela deixará, certamente, muita criança intrigada.

A propósito, não faço aqui uma crítica generalizada aos ensaios sobre a obra de Lobato que compõem um livro premiado com o Jabuti, pois, acima de tudo, reconheço que *Monteiro Lobato, livro a livro: obra infantil* traz informações editorias importantes para o leitor de hoje, mas é inegável que nele também se fala de um Lobato monumental, intato, um Lobato lido e interpretado quase sempre com o olhar de outra época, sem nenhuma tentativa séria e consequente de torná-lo mais vivo, mais complexo, mais interessante e contemporâneo. Não creio que essa leitura bem-comportada (e tantas vezes equivocada), calcada no lugar comum ou na imagem consagrada, tenha sido intencionalmente buscada por seus organizadores, Marisa Lajolo e João Luís Ceccantini, dois nomes de referência na área da literatura infantojuvenil.

A impressão que se tem, porém, é a de que, atualmente, Monteiro Lobato não é mais lido com atenção, nem pelas crianças, nem pelos adultos. Se o fosse, tenho certeza de que teríamos ideias novas sobre ele e não continuaríamos a reproduzir apenas a imagem que o passado construiu em torno dele — "um herói fundido em bronze", para me valer de uma frase de Musil.

Por isso mesmo é urgente recuperar a dimensão criativa de sua obra literária, de inegável importância: antes de mais nada, tirando-a do limbo da classificação controversa, e talvez estanque, de literatura infantil, em que tudo parece (ou tem que ser) fácil, claro, didático e inocente. Dever-se-ia ver sua obra "infantil" simplesmente como literatura; aí, sim, poderíamos trazer à tona, sem possíveis inibições pedagógicas, temas tão evidentes quanto complexos —

[15] Idem, p. 51.

raça, política, linguagem etc. —, estimulando, assim, a imaginação e a inteligência dos leitores de todas as idades.

Espera-se, ainda, nova edição da obra de Lobato (embora ela tenha sido reeditada recentemente), com uma glosa e estudos mais atuais a seu respeito. Desse modo, talvez, ela finalmente volte a ser lida de verdade, com olhos bem abertos.

O PRESIDENTE NEGRO: UM OLHAR BRASILEIRO SOBRE A EUGENIA NOS ESTADOS UNIDOS DA AMÉRICA

Em julho de 1926, Monteiro Lobato disse a um amigo que tivera "uma ideia-mãe! Um romance americano, isto é editável nos Estados Unidos".[1] Tratava-se de uma ficção científica, semelhante às narrativas de H.G. Wells, como afirmou Lobato, e se passaria no ano 2228, às vésperas da escolha do 88º presidente americano.

Enquanto aguardava sua publicação nos Estados Unidos, em setembro desse mesmo ano fragmentos da obra de Lobato — que se chamou, inicialmente, *O choque das raças* — foram publicados no jornal *A Manhã*, do Rio de Janeiro, no qual o escritor já colaborava.

A matéria do jornal anunciando a publicação dos excertos dizia o seguinte: "*O choque das raças* será o primeiro livro nosso que vai transpor as fronteiras e que apresenta uma feição mundial. Sairá em cinco línguas simultaneamente".[2] Mas, a despeito dessa propaganda, quando Lobato mudou-se em 1927 para Nova Iorque, a fim de assumir a função de adido cultural, recebeu a notícia de que não conseguiria editar seu romance na América do Norte. Ele confessou a um amigo: "Meu romance não encontra editor [...]. Acham-no ofensivo à dignidade americana, visto admitir que depois de tantos séculos de progresso moral possa este povo, coletivamente, cometer a sangue-frio o belo crime que sugeri".[3]

---

[1] Azevedo, Carmen Lucia de; Camargos, Márcia; Sacchetta, Vladimir. *Monteiro Lobato, furacão na Botocúndia:* edição compacta. São Paulo: Senac, 2000, p. 111.
[2] Ibidem, p. 112.
[3] Ibidem, p. 116.

O "crime" a que Lobato se refere é o da esterilização da raça negra. Segundo o enredo do seu livro, isso aconteceria antes da posse do primeiro presidente negro americano, no ano 2228. Essa eleição provocaria o colapso do império americano:

> Havia uma pedra no sapato americano: o problema étnico. A permanência no mesmo território de duas raças díspares e infusíveis perturbava a felicidade nacional. Os atritos se faziam constantes e, embora não desfechassem como outrora nas violências da Ku Klux Klan, constituíam um permanente motivo de inquietação.[4]

No romance de Lobato, sob o pretexto de contar uma história de amor entre a filha de um cientista norte-americano, que herdara do pai um "porviroscópio", aparelho capaz de antever o futuro, e um brasileiro medíocre, empregado da empresa Sá, Pato & Cia, que sonhava em ter um carro Ford, expõem-se às claras ideias eugenistas sobre o progresso social, tais como as que já havia anunciado, no Brasil, o médico Renato Kehl, no seu livro *Lições de eugenia* (1929), onde se lê que "a nacionalidade brasileira só embranquecerá à custa de muito sabão de coco ariano".[5]

Segundo o próprio Lobato, aliás, as ideias expostas no seu romance, que duas décadas mais tarde passou a se chamar *O presidente negro*, não se dissociavam das ideias do seu amigo Kehl: "Renato, Tu és o pai da eugenia no Brasil e a ti devia eu dedicar meu *Choque*, grito de guerra pró-eugenia".

Adepto do movimento eugenista brasileiro, como lembra a historiadora Pietra Diwan, Monteiro Lobato aceitava, ao lado de outros intelectuais da época, "a constatação, por parte dos europeus, da impossibilidade de progresso do Brasil dada a sua composição racial [...]".[6]

---

[4] LOBATO, Monteiro. *O presidente negro*. São Paulo: Globo, 2008, p. 121.
[5] DIWAN, Pietra. *Raça pura*: uma história da eugenia no Brasil e no mundo. São Paulo: Contexto, 2007, p. 87.
[6] Idem, p. 91.

Apesar de não ser segredo sua filiação às agremiações eugenistas e a real simpatia que nutria pela causa, esse viés do pensamento do escritor nem sempre é estudado no Brasil com a seriedade que merece, e pode surpreender muitos leitores de hoje.

Prefere-se enfatizar apenas o Lobato criador do Sítio do Picapau Amarelo, o pai da literatura infantil brasileira e o sanitarista engajado, como se a faceta eugênica, se mencionada, pudesse impedir a apreciação do lado maior da sua obra. Em *Como e por que ler a literatura infantil brasileira*, por exemplo, a estudiosa Regina Zilberman fala do Sítio do Picapau Amarelo como "uma espécie de paraíso" num mundo em plena ascensão do nazismo e do fascismo, um lugar que estaria "aberto para todos, sem discriminação".[7] Será? Não existiriam tensões e contradições nesse mundo criado por Lobato? O mundo criado por Lobato é, como todos os mundos propostos pela literatura, rico, multifacetado e contraditório, e não pode ser reduzido a um todo homogêneo facilmente apreensível pelo leitor. Tia Nastácia, por exemplo, a negra cozinheira do sítio, não raramente é chamada, em diferentes passagens de sua obra, de ignorante pelos outros personagens e até mesmo pela ponderada dona Benta:

> — Sim — disse Dona Benta. — Nós não podemos exigir do povo o apuro artístico dos grandes escritores. O povo... que é o povo? São essas pobres tias velhas, como Nastácia, sem cultura nenhuma, que nem sabem e que outra coisa não fazem senão ouvir histórias de outras criaturas igualmente ignorantes, e passá-las para outros ouvidos, mais adulterados ainda.[8]

A boneca Emília arremata à altura esse juízo, dizendo que as histórias da tia Nastácia "parecem-me muito grosseiras e bárbaras — coisa de negra beiçuda, como a tia

---

[7] Zilberman, Regina. *Como e por que ler a literatura infantil brasileira*. Rio de Janeiro: Objetiva, 2005, p. 29.
[8] Lobato, Monteiro. *Histórias de Tia Nastácia*. São Paulo: Brasiliense, 2005, p. 18.

Nastácia. Não gosto, não gosto e não gosto." (*Histórias de tia Nastácia*).[9]

Naturalmente, o leitor poderá afirmar que, nesses exemplos, não é a ideologia do escritor que está sendo expressa, mas, sim, o ponto de vista de seus personagens, que, historicamente situados, não poderiam senão emitir tais opiniões, o "realismo literário" o exigiu. A literatura de Lobato, nesse aspecto, seria também o espelho de uma época, reproduzindo fielmente, ou de modo muitas vezes humorado, certa maneira de o povo brasileiro se expressar, o que incluiria "ditos" que gostaríamos de supor (enganosamente?) superados. Desconfio, porém, que esse argumento seja um subterfúgio para não encarar de maneira crítica e consistente as questões incômodas que cercam a feitura da obra de Monteiro Lobato.

Na melhor das hipóteses, Lobato expõe em suas obras para adultos e crianças opiniões que podem se revelar bastante paradoxais hoje: assim, se por um lado tia Nastácia é tida como ignorante, por outro lado é à sabedoria popular da "negra velha" que a pretensamente sábia e pernóstica boneca recorre seguidamente. Em *A chave do tamanho*, Emília, nossa Alice tupiniquim, entre um tamanho e outro, cita uma máxima de tia Nastácia, atestando a validade de sua fala e de suas opiniões. Mais à frente, Dona Benta não teme compará-la a um filósofo chinês.

Quanto ao romance *O presidente negro*, nele, sobretudo, encontramos os paradoxos raciais que também povoam a atmosfera ideológica do sítio, mas de forma muito mais explícita. O livro propaga com entusiasmo alguns preceitos do movimento eugênico brasileiro, ou seja, a supervisão da imigração, a esterilização das supostas "raças inferiores" e o controle de casamentos para que não houvesse miscigenação racial. Assim, pois, lemos nele: "é impossível protelar por mais tempo com paliativos ilusórios a solução do binômio

---

[9] Idem, pp. 18-9.

racial. Ou extirpamos os negros já, ou dentro de meio século seremos forçados a aceitar a solução negra, asfixiados que estamos pela maré montante do pigmento".[10] Já era esperado que, na conclusão do romance, a heroína, branca e de olhos azuis, se rendesse aos encantos do brasileiríssimo e provavelmente miscigenado protagonista da trama, originado uma raça mista como que à revelia do autor. À revelia ou não, o paradoxo permanece insolúvel.

Deve-se mencionar ainda que, a certo momento, uma das soluções cogitadas pelos americanos para livrarem-se dos negros seria enviá-los para o Amazonas, mas "a ideia do expatriamento para o vale do Amazonas tinha um ponto fraco: só podia ser voluntária e o negro não se mostrava inclinado a trocar a identidade americana por qualquer outra".[11] A identidade brasileira não lhe era atraente, já que prevalecia no Brasil, de acordo com as cartas de um desiludido Lobato, a "miséria econômica, física, biológica e moral da nossa gente".[12]

No romance de Lobato, uma possível solução definitiva para o problema racial seria investir num processo científico de "embranquecimento", uma vez que:

> embranquecê-los aproximava-os dos brancos na cor, embora não lhes alterasse o sangue nem o encarapinhamento dos cabelos. O desencarapinhamento constituía o ideal da raça negra, mas até ali a ciência lutara em vão contra a fatalidade capilar. Se isso se desse, poderia o caso negro entrar por um caminho imprevisto, a perfeita *camouflage* do negro em branco.[13]

Esse "ideal da raça negra", por mais ignominiosa que seja sua exposição no romance de Lobato, é uma questão candente ainda hoje. Para citar um exemplo recente, Barack Obama, o primeiro presidente negro dos Estados Unidos,

---

[10] LOBATO, Monteiro. *O presidente negro*. São Paulo: Globo, 2008, p. 129.
[11] Idem, p. 121.
[12] DIWAN, op. cit., p. 111.
[13] LOBATO, *O presidente negro*, op. cit., p. 121.

na sua autobiografia, *A origem dos meus sonhos*, recorda-se haver visto na infância uma

> fotografia da revista *Life* mostrando um homem negro que havia tentado trocar de pele. Imagino outras crianças negras, naquela época e agora, passando por momentos semelhantes de revelação. Talvez esse momento aconteça mais cedo para a maioria: o aviso dos pais para não cruzar os limites de uma determinada vizinhança, ou a frustração por não ter o cabelo igual ao da Barbie [...].[14]

Obama conclui, porém, dizendo que foi uma criança feliz, já que teve "a oportunidade de viver uma infância livre da autodescrença".[15]

Não obstante todos os esforços para tornar brancos os negros, em *O presidente negro* a alma deles permanecia "escura". Portanto, a eleição de um presidente negro, mesmo que este tenha "optado" pelo esbranquiçado no transcorrer da trama, era um pesadelo, ou, como disse Miss Jane, a protagonista do romance, ao se referir à reação do presidente Kerlog ao saber de seu sucessor: "era coisa bem pior — fato! E, como a hipótese da eleição de um negro nem por sombra lhe houvesse passado pela ideia, o desnorteamento fez-se absoluto".[16]

Contudo, nessa narrativa, a raça branca tem tudo a seu favor, "o número e a superioridade mental",[17] de modo que rapidamente ela desenvolve um tônico capilar de "desencarapinhamento" — "as negras, sobretudo, viviam num perpétuo sorrir-se a si próprias, [...]. O seu enlevo ao correrem as mãos pelas macias comas omegadas levava-as a esquecer o longuíssimo passado da humilhante carapinha".[18] —, cuja eficácia chegava ao ponto de tornar estéreis os negros, ao mesmo tempo que lhes alisava o

---

[14] OBAMA, Barack. *A origem dos meus sonhos*. São Paulo: Editora Gente, 2008, p. 69.
[15] Idem, p. 61.
[16] LOBATO, *O presidente negro*, op. cit., p. 141.
[17] Idem, p. 143.
[18] Idem, p. 174.

cabelo. Assim, lendo o romance, percebemos que venceu o "verdadeiro" povo americano: "não penetrarás na Casa Branca porque lá não cabe Sansão de cabelos cortados. Tua presidência seria inútil. Tudo é inútil quando o futuro não existe".[19]

Se agora nos voltamos ao universo do sítio do Pica-pau Amarelo, será possível observar que, nele, as "raças inferiores" da trama também não deixam herdeiros e não há qualquer possibilidade de que isso venha a acontecer, já que a negra tia Nastácia e o caboclo tio Barnabé são solteiros convictos e pessoas de idade. Desse modo, uma frase dita por um dos personagens de *O presidente negro* poderia também ser proferida por um dos habitantes brancos do sítio de Lobato: "Tua raça foi vítima do que chamarás traição do branco e do que chamarei as razões do branco".[20]

Admirador fervoroso de Henry Ford e do *way of life* americano, parece-me que Lobato não quis perceber que os conflitos raciais no Brasil e nos Estados Unidos eram distintos entre si. No Brasil, Lobato não teve dificuldade alguma para publicar o seu romance, uma vez que, desde a abolição da escravatura, a impressão que temos é a de que já cumprimos a nossa obrigação com a raça negra, ao deixá-la "vagar livremente pelo país". Não por acaso, em *Pequena história da República*, Graciliano Ramos fala da abolição da escravatura no Brasil como sendo uma entre tantas outras decisões tomadas sem planejamento ou desacompanhadas do necessário apoio estratégico: "A alegria tumultuosa dos negros foi substituída por uma vaga inquietação. Escravos, tinham a certeza de que não lhes faltaria um pedaço de bacalhau, uma esteira na senzala [...]; livres, necessitavam prover-se dessas coisas — e não se achavam aptos para obtê-las".[21]

[19] Ibidem, p. 189.
[20] Ibidem, p. 189.
[21] RAMOS, Graciliano. *Alexandre e outros heróis*. Rio de Janeiro: Objetiva, 2006, p. 145.

Nos Estados Unidos, apesar do sectarismo racial que persiste até hoje, o romance futurista de Lobato foi considerado uma afronta aos cidadãos americanos negros, uma vez que o país tinha, na época, consciência de estar em dívida com eles. O provável editor do livro nos Estados Unidos opinou:

> Infelizmente, porém, o enredo central é baseado em um assunto particularmente difícil de se abordar neste país, porque ele irá, certamente, acender o tipo mais amargo de sectarismo e, por esta razão, os editores são invariavelmente avessos à ideia de apresentá-lo ao público leitor [...]. Estivesse o senhor lidando com a invasão de uma nação estrangeira, ou raça, a reação seria bem diferente, mas o negro é um cidadão americano, uma parte integrante da vida nacional, e sugerir seu extermínio por meio da sabedoria e da capacidade superior da raça branca levaria a uma dissensão tão violenta no espírito dos leitores quanto faria um conflito entre dois partidos políticos, ou duas religiões, em que um extirparia o outro.[22]

A propósito do negro como cidadão americano, Barack Obama, em *A origem dos meus sonhos*, lembra que a sua mãe "contava as histórias de alunos no Sul dos Estados Unidos que eram obrigados a ler livros herdados das escolas brancas e ricas, mas que conseguiam se tornar médicos, advogados e cientistas, [...]".[23] No Brasil, como apontou Graciliano Ramos, no texto histórico que já citei, a sociedade inicialmente "libertou" os negros e lhes deu permissão para circular livremente, sem restrições de fronteiras, não lhes oferecendo, porém, nada muito mais do que isso, e nem mesmo aos livros de segunda mão eles parecem ter tido acesso livre, na época de Lobato. A situação, hoje, é muito diferente, mas não tratarei disso agora.

No tocante ao pedido de alteração da trama do romance, solicitada pelo potencial editor norte-americano, Lobato, já de volta ao Brasil, confessou que nada

---
[22] AZEVEDO; CAMARGO; SACCHETTA, op. cit., p. 116.
[23] OBAMA, Barack, op. cit., p. 69.

mudaria no seu enredo, pois "a América que lá pintei está absolutamente de acordo com a América (Estados Unidos) que fui encontrar".[24]

Não poderia deixar de mencionar, finalmente, nesta resenha da ficção científica de Lobato, o papel e a descrição das mulheres no seu romance. Em *O presidente negro*, as mulheres são consideradas culpadas pela quase catástrofe americana — a entrada na Casa Branca de um presidente negro —, uma vez que, num momento de tomada de posição "irrefletida", decidiram ter seu próprio partido, o que provocou uma divisão na raça branca (homens de um lado, mulheres do outro). Não se pode deixar de lembrar aqui, sem pretender com isso afirmar que a vida imita a arte, a disputa entre Hillary Clinton e Barak Obama, que dividiu momentaneamente o partido Democrata, nos idos dos anos 2008.

Na ficção de Lobato, as mulheres, numa antecipação do que acabou sucedendo também com os simpatizantes de Hillary Clinton (que acabou não disputando a eleição presidencial), decidiram finalmente se unir em torno de uma causa comum. As semelhanças, porém, param por aí. Certa personagem de *O presidente negro*, Miss Astor, afirma:

> Vejo bem claro agora o nosso erro e, embora reconhecendo as queixas que a mulher tem do macho, também reconheço que sem o concurso dele nada valeríamos no mundo. Bastou um momento de divórcio para que a raça branca se visse nesta horrível situação: apeada do domínio e à mercê de uma raça de pitecos que, essa sim, tem contas terríveis a ajustar conosco [...]".[25]

Quanto a esse "divórcio" histórico entre homens e mulheres, lemos em *O presidente negro* que, em 2228, a mulher, ao buscar a independência, venceria, se não houvesse desistido dela. Segundo um dos personagens,

---
[24] Azevedo; Camargo; Sacchetta, op. cit., p. 118.
[25] Lobato, *O presidente negro*, op. cit., p. 139.

"o seu estágio de inferioridade política e cultural [era consequência] menos de uma pretensa inferioridade de cérebro do que de uma organização cerebral *diversa* da do homem e, portanto, inapta a produzir o mesmo rendimento quando submetida ao mesmo regime de educação".[26]

Mais uma vez, estamos diante de um dos paradoxos lobatianos: as mulheres, dependentes dos homens e também submissas a ele em *O presidente negro*, são as mesmas que, no cenário do sítio do Picapau Amarelo, são aparentemente independentes e soberanas, visto que Dona Benta, entre outras atitudes afirmativas, administra sozinha a sua propriedade.

Em *O presidente negro*, entretanto, as mulheres, saudosas do "macho tradicional", desistem de seu intento de independência e promovem a união dos sexos, os casais se entendem segundo as regras tradicionais e, consequentemente, como se lê no romance, "é de crer que nunca houvesse maior safra de beijos na América".[27]

Passado quase um século da publicação da polêmica ficção científica de Lobato, alguns de seus prognósticos (e isso é um ponto a seu favor) já viraram realidade no capitalismo avançado: os Estados Unidos de hoje, no início do século XXI, já têm o seu primeiro presidente negro, Barack Obama, 220 anos antes da data prevista por Lobato (2228). Nas páginas do romance, vale destacar, o presidente negro morre antes de tomar posse, em circunstâncias que não resumirei aqui. Deixo ao leitor de Lobato a descoberta do que ocorreu.

Entre os outros prognósticos do escritor que já se concretizaram, em parte ou no todo, citarei, por exemplo, o mundo virtual da internet, que anunciaria, segundo Lobato, o fim da era das rodas:

---

[26] Idem, p. 106.
[27] Idem, p. 156.

Descobriram-se novas ondas, e o transporte da palavra, do som e da imagem, do perfume e das mais finas sensações táteis passou a ser feita por intermédio delas [...]. O serviço, o teatro, o concerto é que *passaram a vir ao encontro do homem*. Foi espantosa a transformação das condições do mundo quando a maior parte das tarefas industriais e comerciais começou a ser feita de longe pelo radiotransporte".[28]

Outra tecnologia moderna que Lobato previu foi o processo eletrônico de votação: "os eleitores não saíam de casa — radiavam simplesmente os seus votos com destino à estação central [...]. Um aparelho engenhosíssimo os recebia e apurava automaticamente e instantaneamente [...]".[29]

O presidente negro expõe, em conclusão, um Lobato incontestavelmente eugenista, mas também o revela um inspirado visionário, atento às novas tecnologias e até mesmo à evolução da cosmética (alisamento permanente de cabelo, "embranquecimento" da pele). Esse texto tão complexo e fascinante é, parece-me, um estímulo para se reler — com uma visada necessariamente crítica e nada condescendente — a obra inteira do escritor, principalmente as aventuras ambientadas no famoso Sítio do Picapau Amarelo, as quais, ao serem divulgadas exclusivamente sob a pecha de literatura infantojuvenil, deixaram, nos dias atuais, de serem usufruídas pelos adultos e, ultimamente, talvez estejam também se distanciando das próprias crianças, que as conhecem cada vez mais apenas pela televisão, DVD e adaptações, não raro, deturpadas da obra.

---

[28] Idem, p. 119.
[29] Idem, p. 126.

IMAGEM E FORMA: DOIS ASPECTOS DOS LIMERIQUES DE EDWARD LEAR

A literatura *nonsense* inglesa nasceu, segundo os estudiosos, em 1846, com a publicação de *A book of nonsense*, do escritor, desenhista e pintor inglês Edward Lear (1812-1888). O termo *nonsense*, que identifica o gênero, tem origem no título desse livro, que reúne 36 poemas humorísticos de Lear, acompanhados de ilustrações do próprio autor.

A respeito das ilustrações de Lear, cabe aqui lembrar que, antes de se tornar escritor, o artista inglês havia se dedicado ao desenho e à pintura. Habilidades artísticas que Lear desenvolveu em casa, com a ajuda das irmãs mais velhas, que foram as responsáveis pela sua educação (em razão da saúde debilitada — sofria de bronquite, asma etc. —, Lear frequentou pouco a escola). Cedo, porém, transformou essas atividades em profissão.

Aos 18 anos, já com alguma experiência como desenhista (havia colaborado na *Ilustrations of british ornithology* – Ilustrações da ornitologia britânica), publicou sozinho seu primeiro livro de ilustrações: *Illustrations of the family of psittacidae, or parrots* (Ilustração da família dos psitacídeos, ou papagaios (1832)). O livro foi um sucesso "ornitológico e artístico, mas não financeiro".[1] Tornou-o, entretanto, conhecido como ilustrador de história natural, o que lhe rendeu algumas propostas de trabalho.

Aos dezenove anos, foi contratado para fazer as ilustrações dos espécimes do zoológico de lorde Stanley, em Knowsley Hall. Na propriedade de lorde Stanley,

---

[1] LEAR, Edward. *Adeus, ponta do meu nariz!*. Marcos Maffei (org. e trad.). São Paulo: Hedra, 2003, p. 112.

Lear começou a escrever seus primeiros poemas cômicos, compostos apenas de quatro ou cinco versos (conforme disposição gráfica), acrescentando-lhes desenhos, para divertir as crianças que viviam no local: "*There was an Old Man of Peru,/ Who never knew what he should do;/ So he tore off his hair, and behaved like a bear,/ That intrinsic Old Man of Peru*" (tradução possível: "Havia um velho de Agadir/ Que nunca soube como agir;/ Daí arrancou o cabelo, e se portou como um camelo/ Esse intrínseco velho de Agadir").[2]

Posteriormente, esses poemas cômicos, que Lear chamava "*nonsense*", ou *old persons* (velhos), foram denominados limeriques (*limerick*). Ninguém sabe ao certo o porquê dessa denominação.[3] Acredita-se, todavia, que ela possa estar relacionada ao ritmo dos poemas, que "deve ter-se originado de alguma melodia ou dança popular, talvez proveniente do condado de Limerick, na Irlanda".[4]

Lear publicou os limeriques mais de uma década depois de tê-los escritos em Knowsley Hall. Durante esse tempo, o artista continuou pintando, dessa vez as paisagens que ia admirando nas muitas das viagens que fez. Ao contrário do sedentário Lewis Carroll, outro pioneiro do *nonsense*, Lear foi um "turista inveterado, viajou para a Índia, Ceilão, Egito, Arábia, Ásia Menor, Síria, Palestina, Itália e Grécia e passou parte de sua vida longe de sua nativa Inglaterra".[5]

Embora Lear tivesse lecionado desenho até mesmo à Rainha Vitória, nunca conseguiu o reconhecimento que desejava como pintor e desenhista. A fama e o dinheiro chegaram, efetivamente, com a sua poesia. Publicados em

---

[2] As traduções de limeriques, neste ensaio, são todas de minha autoria e integram a antologia de Lear, *Viagem numa peneira* (São Paulo: Iluminuras, 2011). Os limeriques citados foram escolhido ao acaso; não significa, por isso, que tenham sido daqueles escritos por Lear em Knowsley Hall.

[3] Lear, op. cit., p. 106.

[4] Ávila, Myriam. *Rima e solução: a poesia nonsense de Lewis Carroll e Edward Lear*. São Paulo: Annablume, 1996, p 65.

[5] Stewart, Susan. *Nonsense: aspects of intertextuality in folklore and literature*. Baltimore; Londres: The Johns Hopkins University Press, 1989, p. 167.

1846, seus limeriques ganharam em 1867 sua 17ª edição. Ou seja, *A book of nonsense*, já com muitos acréscimos, tornou-o um autor célebre. Uma resenha desse trabalho dizia que:

> Nunca antes se publicou um livro tão exatamente em sintonia com o pensamento das crianças quanto este; o admirável artista que o produziu sem dúvida se orgulha mais da alegria que esses desenhos e versos absurdos propiciam a um milhão de crianças do que dos vigorosos quadros com os quais encantou o mundo artístico.[6]

A obra de Edward Lear, enfim, é ampla e diversificada. Além de seus textos *nonsense* (que incluem os limeriques, as canções e histórias, a botânica *nonsense*, o alfabeto *nonsense*, entre outros), acompanhados sempre de desenhos do autor, deve-se citar ainda os livros de ilustrações de bichos e de viagens e "cerca de trezentas pinturas a óleo e aquarelas, algo entre trinta mil [a estimativa é dele] e dez mil [a de seus biógrafos]".[7]

No tocante às ilustrações dos limeriques, Lisa Ede, estudiosa da literatura *nonsense*, opina que "muito da riqueza da experiência de leitura dos limeriques de Lear pode ser propiciado por suas ilustrações".[8] Segundo Ede, a interação entre desenho e texto é, aliás, "um elemento fundamental na criação de significados".[9]

Além disso, as ilustrações do artista inglês "expõem muitas vezes os processos básicos ou os princípios organizacionais de trabalho no mundo dos limeriques".[10] Isso acontece quando, por exemplo, o desenho registra o momento da metamorfose de um personagem, que se torna parecido com o animal com o qual está envolvido.

---

[6] LEAR, op. cit., p. 125.
[7] Idem, p. 138.
[8] EDE, Lisa. "Edward Lear's limericks and their illustrations", in TIGGES, Wim (org.). *Explorations in the field of nonsense*. Amsterdã: Rodopi, 1987, p. 104.
9 Idem, p. 104.
10 Idem, p. 110.

Cabe aqui lembrar que os limeriques se dividem em dois grupos temáticos principais: os que têm como objeto animais e os que têm como tema a alimentação.[11] O registro dessa imagem leva o leitor a se convencer de que está num "novo mundo", onde as mudanças de forma e de relações são constantes. A esse respeito, vale a penar atentar para a ilustração que acompanha o limerique reproduzido a seguir, sobre um velho cidadão "do sul" que dançou com uma varejeira-azul (na minha tradução): *There was an old person of Skye,/ Who waltz'd with a Bluebottle fly:/ Thy buzz'd a sweet tune, to the light of the moon,/ And entranced all the people of Skye*" ("Havia um velho de Rio do Sul,/ Que valsou com uma varejeira-azul:/ Zuniram doce melodia, sob a luz do meio-dia/ Extasiando todos de Rio do Sul").

As ilustrações de Lear também podem servir para complementar e esclarecer os poemas; outras vezes, porém, os desenhos parecem contradizer o texto,

---

[11] Idem, p. 110. A respeito das metamorfoses, Myriam Ávila opina que "o mimetismo é de mão dupla". No entanto, os animais mantêm sua natureza; por isso, jamais falam e, quando emitem sons, são aqueles naturais de sua espécie. ÁVILA, op. cit., p. 76.

enfatizando ainda mais o mundo "absurdo" do *nonsense*. Cito, como exemplo, um poema sobre um "velho do Belgrado" que, por engano, foi "colocado" no forno pela própria mulher. Assim se lê no poema, mas, na ilustração, o aspecto determinado da esposa revela que não se trata de um equívoco, mas de um ato deliberado: "*There was an Old Man of Peru,/ Who watched his wife making a stew;/ But once, by mistake, in a stove she did bake/ That unfortunate Man of Peru*"("Havia um velho de Belgrado,/ Que via a mulher fazer um assado/ Mas um dia ela se enganou e no forno cozinhou/ Aquele desgraçado velho de Belgrado").

Outro aspecto a se considerar, nos desenhos de Lear, é a multiplicação de uma mesma de imagem (como num jogo de espelhos) e a presença de grupos de pessoas. Essas ilustrações têm por objetivo enfatizar geralmente uma situação infindável (a multiplicação de algo) ou tendem a acentuar a disputa entre um grupo de pessoas e um indivíduo — o grupo está muitas vezes atacando fisicamente o indivíduo; assim, a coletividade, nos limeriques de Lear, age como um instrumento repressor da individualidade.¹² Exemplifico esse aspecto da ilustração de Lear com as gravuras abaixo, que ilustram os seguintes poemas: *"There was an Old Man of Apulia,/ Whose conduct was very peculiar;/ He fed twenty sons upon nothing but buns,/ That whimsical Man of Apulia"* ("Havia um Velho de Madagascar,/ Cuja conduta era bem peculiar;/ Alimentou toda sua prole somente com rocambole,/ Esse extravagante velho de Madagascar").

"There was an old person of Sark,/ Who made an unpleasant remark;/ But they said, 'Don't you see what a brute you must be,/ You obnoxious old person of Sark!" ("Havia um velho de Ontário,/ Que fez um rude comentário;/ Mas eles disseram de repente, "Não vês que és um demente,/ Obnóxio velho de Ontário!").

---

[12] EDE, Lisa, op. cit., p. 115.

Tão importante quanto a ilustração é a forma dos limeriques. Assim como também sucede nos demais poemas *nonsense*, a forma atua como uma "camisa de força",[13] não permitindo que o conteúdo a extrapole ou se lhe oponha. Segundo Myriam Ávila, três aspectos básicos são importantes para entender os limites e as possibilidades da forma dos limeriques: "o ritmo, o esquema de rimas e a economia narrativa".[14]

O ritmo do limerique "compõe-se de dois versos de três pés cada, seguidos de um verso de quatro pés (que a rima interna torna desdobrável em dois versos de dois pés) e por fim mais um verso de três pés".[15] Esse ritmo é extremamente regular em todos esses poemas, organizando o conteúdo: "cada verso tende a conter uma informação completa, formando uma unidade narrativa".[16]

Quanto às rimas, os cinco versos dos limeriques seguem o esquema de rimas aabba, ou seja, o primeiro, o segundo

---

[13] ÁVILA, op. cit., p. 61.
[14] Idem, p. 65.
[15] Idem, p. 65.
[16] ÁVILA, op. cit., p. 66.

e o quinto verso terminam numa rima, e o terceiro e o quarto noutra.

Os cinco versos (ou quatro) do limerique limitam sua narrativa, que tem de ser obrigatoriamente concisa e sem meios-tons. A "brusquidão" com que é contada a história torna, então, "o limerique um equivalente verbal da caricatura, dando margem ao humor e ao *nonsense*".[17]

A forma dos limeriques é tradicionalmente usada para transmitir uma anedota curta, com o último verso concluindo e comentando o que foi narrado. Nos poemas de Lear, entretanto, não existe uma frase clímax do discurso. O último verso, que deveria ser o *punch line*, remete ao primeiro verso, instaurando a circularidade do poema e excluindo a possibilidade de uma conclusão. De fato, os limeriques de Lear "não se resolvem como piada, mantendo eternamente o seu mistério, que é ser e não ser pura literalidade".[18]

Outro aspecto, somado à ilustração e à forma, que devemos considerar na leitura dos limeriques, é o uso do adjetivo no último verso do poema. O adjetivo de Lear pode ser usado de três maneiras: 1) como um comentário óbvio, aumentando a redundância do texto; 2) como um julgamento, classificando como negativa ou positiva uma situação difícil de interpretar, o que deixa o leitor nas mãos do autor; e 3) como um recurso para "aumentar a estranheza de uma situação incomum"; neste caso o adjetivo é usado "sem referência ao seu sentido usual e sem conexão com os acontecimentos narrados", ou é uma palavra sem sentido ou composta, ou até mesmo é aplicado ao protagonista, quando deveria ser aplicado ao fato narrado.[19]

Caberia dizer ainda que a maioria dos limeriques apresenta o nome de um ponto geográfico específico,

---

[17] Idem, p. 66.
[18] Idem, p. 67.
[19] ÁVILA, op. cit., pp. 69-70.

alguns, porém, se referem a aspectos topográficos ou a pontos cardeais (*There are an old man of Peru, France.../* Havia um velho homem do Peru, França...). A escolha dos lugares de onde provêm os personagens é, todavia, arbitrária. Nos poemas de Lear, o esquema "*Old person/ lady/man...*" (pessoa/dama/homem... velho) é o mais comum, muito raramente "a personagem é classificada como jovem".[20] Aparecem com frequência diálogos de caráter inquisitorial, respostas não cooperativas e gritos, que enfatizam a falta ou a dificuldade de comunicação entre os personagens.[21]

No tocante às traduções que ilustram este artigo, elas preservam alguns dos aspectos acima citados, sobretudo os que considero essenciais para entender a proposta dos poemas *nonsense* de Edward Lear.

Para fazer a rima, adaptei o conteúdo de alguns versos, modificando, por exemplo, a "nacionalidade" dos personagens. Procurei dar atenção aos adjetivos dos poemas, tão caros a Lear, e preservar a circularidade do discurso, que "se fecha sobre si mesmo, realizando o seu sentido no mero preenchimento da fórmula".[22]

Para exemplificar a discussão acima, seguem-se mais alguns limeriques de Lear, na minha tradução:

---

[20] Idem, p. 69.
[21] Idem, p. 81.
[22] Idem, p. 77.

Havia uma senhora de Praga,
Cuja fala era bem vaga,
Perguntada, "são boinas, o que vês?", respondia apenas, "talvez"
Essa oracular senhora de Praga.
(*There was an Old Lady of Prague,*
Whose language was horribly vague;
When they Said, "Are these caps? she answered, "Perhaps!"
That oracular Lady of Prague.)

Havia um velho de Zanzibar,
Que andava apoiado no calcanhar;
Quando diziam, "A troco de quê?", não revelava o porquê,
Esse misterioso velho de Zanzibar.
(*There was an old person of Deal,*
Who in walking used only his heel;
When they said, "Tell us why? he made no reply,
That mysterious old person of Deal.)

Havia um velho numa igreja,
Com colete cor de cereja;
Mas em tiras o cortou, e às sobrinhas o doou,
Esse divertido velho numa igreja.
(*There was an Old Man in a pew,/ Whose waistcoat was spotted with blue;/ But he tore it in pieces, to give to his Nieces,/ That cheerful Old Man in a pew.*)

Havia um velho do Bairro do Lido,
Que preferia não ter nascido;
Sentou-se então num canto, até se esvair em pranto,
Esse lacrimoso do Bairro do Lido.
(*There was an Old Man of Cape Horn,*
Who wished he had never been born;
So he sat on a Chair till he died of despair,
That dolorous Man of Cape Horn.)

Havia um velho de Curvelo,
Afligido por terrível pesadelo;
Para mantê-lo sempre acordado, davam-lhe pão com melado,
E deleitavam esse velho de Curvelo.
(*There was an Old Person of Rheims,
Who was troubled with horrible dreams;
So to keep him awake they fed him with cake,
Which amused that Old Person of Rheims.*)

O *NONSENSE* DE EDWARD LEAR
ATRAVÉS DO ESPELHO

Antes de apontar as diferenças fundamentais entre o *nonsense* de Edward Lear e o *nonsense* de Lewis Carroll, assunto deste ensaio, gostaria de introduzir algumas definições do termo *nonsense*, que só se impôs como "gênero literário" na Inglaterra vitoriana a partir da publicação das obras dos mencionados escritores.

Quando Edward Lear começou a escrever seus primeiros poemas cômicos, o *nonsense* não era um "gênero literário estabelecido".[1] Para o artista inglês, a palavra significava apenas algo alegre e inconsequente. *Nonsense* era, ele dizia, uma forma de libertar seu espírito da opressão das regras impostas pela sociedade e de uma certa "tristeza", que o acompanhava sempre.

À medida que escrevia sua obra, Lear foi modificando e ampliando o sentido do termo *nonsense*. Desse modo, os seus textos e os de Lewis Carroll acabaram alterando tanto o alcance dessa palavra que, hoje, é difícil defini-la sucintamente.

O termo *nonsense* tem recebido dos estudiosos diferentes definições ao longo dos anos. A estudiosa Elizabeth Sewell, por exemplo, "acredita que o *nonsense* seja um jogo no qual as forças da ordem, na mente, disputam com as forças da desordem, de modo que elas possam ficar em suspenso"[2]. Em razão dessa tensão entre a presença e a ausência de significado, qualquer sugestão de emoção é simultaneamente afastada; assim a perplexidade é tudo o que permanece.

---

[1] NOAKES, Vivien. *Edward Lear*. Glasgow: William Collins Sons & Co Ltd, 1979, p. 231.
[2] HARK, Ina. *Edward Lear*. Boston: Twayne Publishers, 1982, p. 52.

Na opinião de Susan Stewart, outra especialista no tema, o *nonsense* é uma "enfermidade" do discurso, "pois [...] ele nos faz perder tempo. Ele nos passa uma rasteira. Ele confunde a direção. Desordena as coisas"[3]. Além disso, segundo Stewart, "[...] o *nonsense* depende de uma pressuposição de sentido. Sem o sentido não existe o *nonsense*". Pois, seguindo esse argumento, "o *nonsense* contrasta com o mundo razoável, positivo, contextualizado

---

[3] STEWART, Susan. *Nonsense*. Baltimore: John Hopkins University Press, 1989, p. 5. Em *Lógica do sentido*, Gilles Deleuze discute, entre outras questões, os conceitos de não sentido, bom senso, senso comum, paradoxo. Segundo Deleuze, "é certo que toda designação supõe o sentido e que nos instalamos de antemão no sentido para operar toda designação. Identificar o sentido à manifestação [para o filósofo francês, o termo manifestação trata "da relação da proposição ao sujeito que fala e que se exprime. A manifestação se apresenta pois como o enunciado dos desejos e das crenças que corresponde à proposição"] tem maiores chances de êxito, uma vez que os próprios designantes não têm sentido a não ser em função de um Eu que se manifesta na proposição. Este Eu é realmente primeiro, pois que faz começar a fala: como diz Alice, "se falássemos somente quando alguém nos fala, nunca ninguém diria nada". Concluir-se-á ou o sentido reside nas crenças (ou desejos) daquele que exprime. "Quando emprego uma palavra, diz também Humpty Dumpty, ela significa o que eu quero que ela signifique, nem mais nem menos ...' 'A questão é saber quem é o senhor e isso é tudo'". (Cf. DELEUZE, Gilles. *Lógica do Sentido*. São Paulo: Perspectiva, 2003, pp. 14 e 18.). Para Deleuze, "Quando designo alguma coisa, suponho sempre que o sentido é compreendido e já está presente [...] instalamo-nos logo 'de saída' em pleno sentido. O sentido é como a esfera em que estou instalado para operar as designações possíveis e mesmo pensar suas condições". No entanto, "nunca digo o sentido daquilo que digo. Mas em compensação, posso sempre tomar o sentido do que digo como objeto de uma outra preposição, da qual, por sua vez, não digo o sentido. Entro então numa regressão infinita do pressuposto" (idem, p. 31).
Quanto ao conceito de senso comum, Deleuze afirma: "nós o dizemos comum, porque é um órgão, uma função, uma faculdade de identificação, que relaciona uma diversidade qualquer à forma do Mesmo", esse "mesmo" seria, então, "uma fase determinada do tempo no sistema individual considerado" (ibidem, p.78).
Desse modo, Deleuze opina que "o senso comum identifica, reconhece, não menos quanto o bom senso prevê" (idem, p. 80). Seguindo a argumentação do filósofo, "O bom senso se diz de uma direção: ele é o senso único, exprime a existência de uma ordem de acordo com a qual é preciso escolher uma direção e se fixar a ela. Esta direção é facilmente determinada como a que vai do mais diferenciado ao menos diferenciado [...]. Segundo ela, orientamos a flecha do tempo, uma vez que o mais diferenciado aparece necessariamente como passado, na medida em que ele define a origem de um sistema individual e o menos diferenciado como futuro e como fim. Esta ordem [...] é instaurada com relação ao presente, isto é com relação a uma fase determinada do tempo escolhida no sistema individual considerado" (idem, p. 78). Por isso, segundo Deleuze, a função essencial do bem senso é a de prever (idem, p. 78).
Por fim, o "não-senso" para o filósofo é "ao mesmo tempo o que não tem sentido, mas que, como tal, opõe-se à ausência de sentido, operando a doação de sentido. E é isto que é preciso entender por *non-sense*" (idem, p. 74).

e 'natural' do sentido, como algo arbitrário, aleatório, inconsequente, meramente cultural".[4]

Alguns estudiosos se propuseram não apenas a definir o *nonsense*, mas também a mensurar o grau de *nonsense* de determinados textos. Dois destacados especialistas na obra de Lear, Vivien Noakes e Ina Hark, utilizam, por exemplo, termos como "*nonsense* puro", "*nonsense* de segunda classe", "verdadeiro *nonsense*" ou "*nonsense* inferior". Esses termos procuram descrever o grau de distanciamento entre o leitor e a obra, distanciamento que, segundo elas, o "verdadeiro" texto *nonsense* deveria preservar.

Sobre a questão do distanciamento, Myriam Ávila, no livro *Rima e solução: a poesia nonsense de Edward Lear e Lewis Carroll*, talvez o único estudo de fôlego editado no Brasil sobre o tema, afirma que a especificidade do texto *nonsense* "reside em algo que deixa o leitor suspenso entre o riso e a perplexidade, entre a estranheza e a identificação, como se aquilo ao mesmo tempo lhe dissesse respeito e não dissesse respeito a coisa alguma".[5]

Quanto a Edward Lear e Lewis Carroll, a crítica costuma afirmar que eles criaram dois tipos distintos de *nonsense*, desse modo, o conhecimento da estética de ambos é importante para entender o termo *nonsense*, que, segundo Wim Tigges, não é exatamente um fenômeno homogêneo. Parece-me então necessário contrapor os legados desses fundadores do gênero.[6]

Embora Edward Lear e Lewis Carroll tenham sido contemporâneos e frequentado os mesmos lugares, os dois nunca se encontraram e pouco falaram um do outro. Apesar disso, muitos estudam o *nonsense* vitoriano a partir, principalmente, das relações recíprocas entre as suas respectivas obras, mesmo que as influências de um autor

---

[4] STEWART, op. cit., p. 4.
[5] ÁVILA, Myriam. *Rima e solução:* a poesia *nonsense* de Lewis Carroll e Edward Lear. São Paulo: Annablume, 1996, p. 203.
[6] TIGGES, Wim. *An anatomy of literary nonsense*. Amsterdã: Rodopi, 1988, p. 81.

sobre o outro sejam "improváveis", como admitem alguns estudiosos.

Um exemplo dessa hipotética relação entre seus escritos é a suposta influência do poema "*Jabberwocky*", de Carroll, publicado em 1872, na elaboração do poema "*The Cummerbund*", de Lear, publicado dois anos mais tarde.

Segue-se um fragmento do poema de Edward Lear, "*The Cummerbund*" (na minha tradução), ilustrado pelo autor, e um fragmento do poema de Lewis Carroll, "*Jabberwocky*" (na conhecida tradução de Augusto de Campos), ilustrado por John Tenniel:

"THE CUMMERBUND"
She sate upon her Dobie,
She heard the Nimmak hum,
When all at once a cry arose,
"The Cummerbund is come!"
In vain she fled: — with open jaws
The angry monster followed,
And so, (before assintance came,)
That Lady Fair was swallowed

"O CINTURÃO"
Sentada numa almofada,
Ouvia uma linda canção,
Quando um grito soou longe:
"Lá vem vindo o Cinturão!"
Em vão fugiu: — com a boca aberta
O furioso monstro a seguiu,
E, assim, antes que ajuda viesse,
Ele a bela dama engoliu.

Ilustração de Edward Lear que acompanha o poema.

"JABBERWOCKY"
And as in uffish thought he stood,
The Jabberwocky, with eye of flame,
Came whiffling thought the tulgey
[wood,
And burbled as it came!

"JAGUADARTE"
E enquanto estava em sussustada
[sesta,
Chegou o Jaguadarte, olho de fogo,
Sorrelfiflando através da floresta,
E borbulia um riso louco!

Ilustração de John Tenniel que acompanha o poema *"Jabberwocky"*

Quando se comparam os dois poemas, percebe-se, de fato, uma semelhança entre ambos. Os dois têm como protagonistas monstros inventados por seus autores. Além disso, deve-se lembrar que, segundo Ina Hark, no poema de Lear, excetuando-se o uso de palavras reais numa língua não familiar, ao invés da cunhagem de palavras-valises, a técnica e o tema do artista aqui são quase idênticos aos de Lewis Carroll em "*Jabberwocky*" (1872); e as semelhanças entre os dois poemas indica que o verso de Carroll deve ter influenciado Lear, pelo menos nessa ocasião.[7]

Já Martin Gardner, estudioso da obra de Lewis Carroll, opina que, em "*Jabberwocky*", as palavras que o escritor usa

> podem sugerir significados vagos, como um olho aqui e um pé acolá, como numa abstração de Picasso, ou podem não ter absolutamente sentido algum — um mero jogo de sons agradáveis, como o jogo de cores não objetivas numa tela. Carroll não foi, é claro, o primeiro a usar essa técnica ambígua em versos humorísticos. Foi precedido por Edward Lear, e é um fato curioso que em nenhuma passagem dos escritos ou cartas desses dois líderes incontestes do *nonsense* inglês qualquer um deles tenha feito referência ao outro.[8]

A respeito dos títulos dos poemas, o termo *Cummerband* significa, em inglês, uma faixa usada na cintura pelos nativos da Índia; mas, nos versos de Lear, Cummerbund é um monstro furioso que "engole" a heroína dos seus versos. "*Jabberwocky*", como é denominado o monstro de Carroll, não tem um significado propriamente dito: *jabber*, em inglês, é substantivo e verbo, significando "tagarelice", "grasnada", "tagarelar", "grasnar". Já *Wocky* é uma palavra cunhada pelo autor.

No estudo que dedicou à obra *nonsense* de Lear, Vivien Noakes, em lugar de se deter nas prováveis influências de um escritor sobre o outro, aponta, logo de início, para uma diferença fundamental entre os seus escritos *nonsense*. Segundo Noakes, "Carroll era matemático profissional,

---

[7] HARK, op. cit., p. 115.
[8] CARROLL, Lewis. *Alice*: edição comentada. Maria Luiza X. de A. Borges (trad.). Rio de Janeiro: Jorge Zahar, 2002, p. 146.

enquanto Lear, ao contrário, não estava treinado em lógica, sua mente era 'objetiva e inocente'".[9]

Essa opinião dialoga com a de Elizabeth Sewell, que, muito antes de Noakes, classificou o "tipo" de *nonsense* de Lear como "simples, concreto, descritivo, não coloquial na maioria dos casos, com muitos mais versos do que prosa". Carroll, por sua vez, segundo a mesma estudiosa, teria criado um *nonsense* que "toma forma numa narrativa bem concatenada, com muito mais prosa do que verso, essencialmente coloquial [...]), e, às vezes, altamente abstrata e complexa na sua linguagem".[10]

Ao avaliar a estética dos dois pais do *nonsense* vitoriano, o escritor Aldous Huxley opinou, por sua vez, que "Lear possuía a verdadeira sensibilidade poética das palavras — palavras em si mesmas, perfeitas e melodiosas, como frases musicais; individuais como seres humanos".[11] Quanto a Lewis Carroll, esse "escreveu *nonsense* exagerando o sentido — uma lógica muito racional. Seus neologismos eram intelectuais. Lear, mais caracteristicamente um poeta, escreveu um *nonsense* que é um excesso de imaginação, cunhou palavras apenas em razão de suas cores e sons".[12]

Um exemplo de "excesso de sentindo", no vocabulário de Carroll, é a palavra-valise (cabe aqui lembrar que o escritor é o criador da palavra-valise), a qual é definida por Humpty Dumpty, em *Através do espelho*, como sendo aquela que traz "dois significados embrulhados numa só palavra".[13] Veja-se, por exemplo, a palavra-valise "lesmolisas" (tomo aqui como referência a criativa tradução de Augusto de Campos). Essa palavra-valise aparece no poema "*Jabberwocky*", e significa, segundo Humpty Dumpty, "lisas como lesmas".

---

[9] Noakes, *Edward Lear*, op. cit., p. 231.
[10] Tigges, op. cit., p. 82
[11] Huxley, Aldous. *On the margin*. Londres: Chatto & Windus, 1971, p. 168.
[12] Idem, p. 168.
[13] Carroll, Lewis. *Aventuras de Alice no país das maravilhas/Através do espelho*. Rio de Janeiro: Summus, 1977. Tradução e organização: Sebastião Uchoa Leite, p. 197.

Na obra de Lear existe apenas uma palavra-valise: *torrible*, que consta do poema "Os Jamblins".[14] Ela surgiu de uma união da palavra *torrid* (que significa quente) e do vocábulo *terrible* (que significa terrível). Vale lembrar que o mais famoso neologismo de Lear (não se trata, entretanto, de uma palavra-valise) é o adjetivo "*runcible*", que, ao contrário das palavras-valise de Carroll, não tem intrinsecamente significado algum, segundo o próprio Lear, e não aceitaria nenhuma tentativa de dotá-lo de um sentido fixo.[15] Desse modo, "*runcible*", que aparece reiteradas vezes na sua obra, adapta-se às mais diversas situações, sem que jamais se possa dizer exatamente o que significa.

Lear inventou alguns outros neologismos, basicamente adjetivos pseudogregos ou latinizados, que, conforme explicou o artista, servem para expressar sentimentos que as palavras "verdadeiras" não conseguem expressar. A botânica *nonsense* (que parodia os tratados científicos), por exemplo, é quase toda ela composta de palavras recriadas por Lear a partir da denominação científica e, por isso, conservam a "marca" latina.

Na obra de Lear, e também nas cartas enviadas aos amigos, existem palavras cuja relevância é, sobretudo, sonora. Um exemplo desse tipo de palavra pode ser encontrado num de seus abecedários *nonsense*, intitulado "*A was once an apple-pie*", que começa assim: "*A was once an apple-pie,/ Pidy,/ Widy,/ Tidy,/ Pidy,/ Nice inside, Apple-pie*". Numa possível tradução, o trecho ficaria: "A era uma vez um angu,/ Aguoso,/ Fagulhoso,/ Babulhoso,/ Aguoso,/ Poupudo prato,/de Angu!".[16]

Na opinião de Ina Hark, que estudou as peculiaridades do vocabulário do escritor, "um dos jogos de palavras preferidos de Lear não se baseava no seu significado,

---

[14] Esse poema consta da antologia de prosas e poemas de Edward Lear, *Viagem numa peneira* (São Paulo: Iluminuras, 2011), organizada, comentada e traduzida por mim.
[15] NOAKES, *Edward Lear*, op. cit., p. xxvii.
[16] Idem, pp. 279 e 292.

mas nos seus sons e no modo arbitrário com que a ortografia da língua inglesa designa esses sons de uma determinada maneira, quando, foneticamente, muitas outras combinações de letras poderiam produzir o mesmo resultado". Por isso, na escrita de Lear, a letra x é substituída muitas vezes pelos seus equivalentes fonéticos. Do mesmo modo o prefixo *ex-* é substituído pela palavra *egg* (ovo), cuja a fonética é semelhante.[17]

Abrindo um parêntese, gostaria de lembrar que vocabulário semelhante ao de Lear foi criado no Brasil, no século XIX, pelo escritor gaúcho José Joaquim de Campos Leão (1829-1883), cujo nome artístico, Qorpo Santo (corpo escrito com Q), exemplifica parte de sua inovação vocabular. Mas, ao contrário do artista inglês, que explorava sua nova grafia sobretudo nas cartas que enviava aos amigos, Qorpo Santo usou sua escrita peculiar para compor sua ficção, sua poesia e outros textos reunidos nos vários volumes (alguns hoje perdidos) de *Ensiqlopèdia ou seis mezes de huma enfermidade*.[18]

Voltando a Lear, uma outra particularidade do seu vocabulário é a presença de palavras inglesas que o artista apreciava sobretudo pela sua sonoridade, mas que empregava "fora de suas posições habituais" — como, por exemplo, o adjetivo no lugar do substantivo —, transformando-as, assim, em vocábulos "sem sentido", meramente "musicais".[19]

Lear não inovou apenas no uso do vocabulário; o artista também se valeu de seu "excesso de imaginação" para inventar nomes geográficos e, sobretudo, para criar personagens curiosos.

---

[17] Em *Finnegans wake*, James Joyce lança mão muitas vezes de recurso parecido. Por exemplo, relaciona a palavra *egg* (ovo, em português) a Humpty Dumpty, personagem de uma canção infantil inglesa que aparece no livro *Através do espelho*, de Lewis Carroll. Acredito, entretanto, que essa grafia de Joyce remeta não só a Carroll, mas também a Lear.
[18] Santo, Qorpo. *Teatro Completo*. São Paulo: Iluminuras, 2001.
[19] Idem.

E foi, assim, elaborando textos irreverentes quase sempre acompanhados de desenhos, que Edward Lear conseguiu transportar os leitores da sua época, a maioria deles crianças, e seus leitores posteriores, especialmente adultos, a um mundo "potencialmente estranho", onde todos, no entanto, podiam se sentir seguros, inclusive ele próprio, que sofria de solidão, depressão e considerava-se diferente daqueles que o rodeavam.

Cabe ainda observar que o papel do humor nas composições *nonsense* de Lear não é "uniforme" ou "previsível". Na opinião de Vivien Noakes, sua mais importante biógrafa, essas composições podem ser classificadas em três grupos que se sobrepõem em parte. De acordo com Noakes, o primeiro tipo de composição "cabe na classificação fundamental de alegre e inconsequente. Aqui estão a paródia, os limeriques, a botânica, a culinária, os abecedários e o *nonsense* que ele colocou nas cartas para divertir seus amigos. O humor é encontrado nesse grupo, mas nos outros dois ele diminui gradualmente".[20]

Uma característica marcante dos textos do primeiro grupo é o distanciamento entre personagem, escritor e leitor, efeito que Lear conseguiu obter ao criar "heróis" que, mesmo agindo como humanos, não podem ser levados a sério em momento algum. Uma vez estabelecido esse distanciamento, o leitor aceita facilmente personagens que apresentam deformidades físicas alarmantes, como um nariz muito longo (o nariz em geral é a parte do corpo que mais se destaca na sua obra), capaz de alcançar o próprio calcanhar, ou que exige ser carregado por outra pessoa, ou, ainda, que é tão largo que serve também de mesa.

O humor quase sempre violento dos textos desse grupo pouco perturba ou comove o leitor, que se sente "imunizado" pelo distanciamento. Neles, não é raro ver

[20] Idem, p. 232.

personagens morrendo afogados, ou sendo esmagados por gongos ou colocados em fornos, "por engano".

No segundo grupo de textos *nonsense*, ainda segundo Noakes, cabem as histórias em prosa e verso sobre viagens e viajantes com final feliz ou infeliz. Os finais infelizes, "todavia, não nos afligem, pois são puro *nonsense*".[21]

Entre o segundo e o terceiro grupo, de acordo com a estudiosa, estão os escritos de transição, nos quais o final infeliz "se torna incômodo, pois o distanciamento está começando a perder força".[22] Assim, quando finalmente chegamos ao terceiro grupo, "o distanciamento desapareceu e estamos passando do *nonsense* para uma poesia comovente e triste".[23] Aqui, encontramos versos que expressam supostos sentimentos pessoais do artista, "escritos não mais para crianças, mas para ele mesmo".[24] Na opinião de Noakes, "a ênfase agora é rememorar um tempo feliz que se foi para sempre"[25]

Outros estudiosos, apesar de concordarem com Noakes, preferem, no entanto, dividir a obra do artista inglês em limeriques, poemas longos e prosa, adotando uma classificação mais simples, que leva em conta a estrutura dos textos e não a interpretação deles, ou a dose de humor que contêm.

Edward Lear deixou uma obra vasta e variada. Começou sua vida profissional como desenhista e chegou a lecionar desenho à Rainha Vitória. Investiu sua vida na carreira de pintor, deixando um número considerável de pinturas a óleo, as quais receberam mais críticas desfavoráveis do que favoráveis. Tornou-se famoso, entretanto, como escritor de textos *nonsense*. Embora no Brasil Lear ainda não seja tão conhecido quanto Carroll, na Inglaterra o artista nunca

---

[21] NOAKES, *Edward Lear*, op. cit., p. 232.
[22] Idem, p. 232
[23] Idem, ibidem.
[24] Idem, ibidem.
[25] Idem, p. 233.

deixou de ser estudado e sua obra, um dos clássicos da língua inglesa, continua atraindo o interesse de leitores de todas as idades.

O PULO DO GATO:
PEQUENA EDITORA IRLANDESA PUBLICA CONTO INÉDITO DE JOYCE PARA CRIANÇAS

Em 2012, ano em que a obra do irlandês James Joyce (1882-1941), considerado um dos maiores escritores de todos os tempos, caiu em domínio público e as editoras e os leitores festejaram o acontecimento, a publicação de uma obra inédita de sua autoria causou polêmica. E essa obra é dedicada a uma criança.

Noticiou-se, no início de 2012, que uma pequena editora de Dublin, a Ithys Press, havia publicado o conto "O gato de Copenhague", de Joyce, que seria uma continuação de outro conto infantil já conhecido, "O gato e o diabo".[1] Assim como este, o conto recém-publicado teria sido escrito numa carta para seu neto Stephen James Joyce, que contava então quatro anos de idade.

Segundo a editora da Ithys Press, Anastasia Herbert, Joyce escreveu o conto em 5 de setembro de 1936, na Dinamarca, algumas semanas depois de ter enviado ao neto a carta com "O gato e o diabo" (escrita em 10 de agosto, em Vilers-sur-Mer, França). Herbert explicou ao jornal inglês *The Guardian*, de 9 de fevereiro de 2011: "semanas mais tarde, em Copenhague, e provavelmente depois de procurar por algum outro lindo presente [para seu neto], Joyce redigiu 'Gatos', que começava assim: 'Ai! Eu não posso te mandar um gato de Copenhague porque não existem gatos em Copenhague'. Certamente existem gatos

---

[1] Existem no Brasil duas traduções desse conto, dirigidas às crianças: JOYCE, James. *O gato e o diabo*. Antônio Houaiss (trad.). Rio de Janeiro: Record, 2002 e JOYCE, James. *O gato e o diabo*. Dirce Waltrick do Amarante (trad.). São Paulo: Iluminuras, 2012.

em Copenhague! Mas talvez nenhum tão secretamente delicioso quanto este."

Os leitores interessados em conhecer esse texto do escritor irlandês terão de desembolsar uma quantia entre 300 e 1.200 euros, segundo o jornal inglês, e precisarão correr, pois só foram colocados à venda 200 exemplares da preciosa obra. Os que não tiverem tanta pressa poderão esperar que a Fundação James Joyce de Zurique libere esse material, até há pouco inédito. Segundo o seu curador, Fritz Senn, em *e-mail* enviado a mim, em fevereiro de 2012, "uma vez que a carta (como todo material não publicado) ainda está — muito possivelmente — protegida pela lei dos direitos autorais, nós não podemos enviá-la a ninguém sem incorrer em sérios problemas". Senn considerou a publicação da carta uma "afronta", que "feriu os códigos de decência e obrigações legais". Afirmou ainda que a carta é propriedade "exclusiva" da Fundação.

A carta com "O gato de Copenhague" foi doada à Fundação James Joyce, de Zurique, por Hans Jahnke, filho de Asta, segunda mulher de Giorgio Joyce, filho do escritor. Ao que me consta, a existência dessa carta era tão secreta que nem mesmo Stephen Joyce, que foi o destinatário dela, a menciona no posfácio que escreveu à edição francesa da tradução de "O gato e o diabo",[2] em 1990:

> Nonno foi um escritor célebre. Muita gente achava, então, e muitos acreditam ainda hoje, que o que ele escreveu é complicado e difícil de entender. Apesar disso, ele teve tempo de se sentar e de me contar essa história maravilhosa ["O gato e o diabo"], numa língua muito simples, muito direta, numa linguagem fácil para uma criança de quatro anos. Nonno se deu até mesmo ao trabalho de procurar um papel de carta especial, no qual ele escreveu essa história. O original, que milagrosamente sobreviveu intacto durante todos esses anos, é o meu bem mais precioso.

---

[2] JOYCE, James. *Le chat et le diable*. Solange e Stephen James Joyce (rev. da trad.). Paris: Gallimard Jeunesse, 1994.

E prossegue:

> Nonno me contou outras histórias, sobretudo no último ano da sua vida. De manhã, eu me sentava ao lado da sua cama e ele me contava as viagens, as provações e as aventuras de Ulisses, herói da Grécia antiga; tudo isso sempre numa linguagem simples e direta para uma criança de oito anos, idade que eu tinha então.

Para Anastasia Herbert, "O gato de Copenhague" é uma "preciosidade", que revela o lado mais leve e humorado de Joyce. Ao mesmo tempo, seria um texto político que discutiria o regime autoritário, o lugar comum, e refletiria sobre a individualidade e o desejo de liberdade. Joyce, conforme se verifica, presenteou o neto com um texto literário mais complexo do que os tradicionais textos infantis com moral explícita.

O humor e o aspecto político do conto, aludidos pela editora, se encontram em muitos outros textos do escritor. Sendo esse novo conto, em particular, uma continuação de "O gato e o diabo", não poderia ser diferente; afinal, no primeiro conto, os conflitos irlandeses vêm à tona; basta citar a figura engraçada do diabo e o prefeito chamado Alfred Byrne (1882-1956), nome de um político irlandês da época em que a Irlanda não era independente e o país vivia sob o controle do governo britânico. Alfie Byrne, como era conhecido, atuava tanto no governo britânico quanto no irlandês. Pode-se afirmar que ele, assim como o prefeito de Beaugency, em "O gato e o diabo", negociava com o diabo, figura que representaria, no conto de Joyce, tanto a Inglaterra quanto o próprio povo irlandês, já que falava inglês com sotaque de Dublin. Byrne foi também o primeiro prefeito de Dublin, depois da independência da Irlanda.

Enquanto a questão da publicação desse "inédito" não se resolve, resta-nos seguir um conselho que Joyce dava aos leitores de *Finnegans wake*, sua obra máxima, que muitos consideram "ilegível", mas que já foi traduzida ao português na íntegra por Donaldo Schüler,[3] que também a adaptou para as crianças brasileiras:[4] "agora, paciência, e lembrem-se, paciência é a melhor coisa" — o gato de Copenhague talvez não tenha pressa...

---

[3] A tradução de Donaldo Schüler foi publicada em cinco volumes pela Editora Ateliê Editorial (São Paulo).
[4] SCHÜLER, Donaldo. *Finnício Riovém*. Rio de Janeiro: Lamparina, 2004.

A IMPORTÂNCIA DA LITERATURA: POR QUE DISCUTIMOS O ÓBVIO?

Lendo *Balaio: livros e leituras*, de Ana Maria Machado, chamou-me a atenção a maneira como a autora discute a "importância da leitura", tópico recorrente nos ensaios do livro, mas que é tratado, às vezes, com certa impaciência. Em "Hospital da Alma", por exemplo, texto que sintetiza palestras proferidas em diferentes lugares do Brasil ao longo de 2006, Ana Maria diz que ficava perplexa sempre que era indagada sobre a importância da literatura, perplexidade essa que "deu lugar a uma certa irritação":[1] "No fundo, ligada à hipótese torta do elitismo da literatura, o que existe é a constatação prévia, óbvia e inescapável: a de que os perguntadores não sabem do que estão falando. Não têm intimidade com livros".[2] Ana Maria Machado prossegue: "sem esse contato íntimo com a leitura mais refinada e a literatura, recai-se então na situação que comentávamos. Voltamos à tal constatação prévia, óbvia e inescapável: a de que os perguntadores sobre a importância da literatura não sabem do que estão falando".[3]

Aconselha Ana Maria Machado: "em vez de perdemos tempo discutindo se é importante ler, sejamos pragmáticos e aproveitemos todas as oportunidades para pôr professores, jornalistas e burocratas em contato com bons livros. E com a arte, em geral".[4] Parece-me, no entanto, ser importante reiterar a pergunta sobre o valor da Literatura (da boa literatura, com letra maiúscula, como costuma frisar o

---

[1] MACHADO, Ana Maria. *Balaio*: livros e leituras. Rio de Janeiro: Nova Fronteira, 2007, p. 149.
[2] Idem, p. 163.
[3] Idem, p. 166.
[4] Idem, p. 162.

ensaísta argentino Daniel Link), mesmo que o tema nos pareça óbvio. A pergunta é como uma "oração" que, repetida diariamente, reforçaria a nossa fé.

De fato, não perguntamos sobre a importância da literatura à toa, ou por ignorar o assunto. Sabemos, como afirma Ana Maria Machado, num dos ensaios menos intransigentes a respeito da questão, "Literatura para todos", resultado de uma palestra apresentada no Encontro Anual da Associação de Escritores e Ilustradores de Literatura Infantojuvenil, em 2004, da necessidade de

> [...] substituir o senso comum tradicional por um espírito crítico capaz de formular seus próprios anseios. Sem leitura de literatura, essa meta fica muito distante, se não inatingível. Por mais que hoje tenhamos também outros meios e outras linguagens, nenhuma outra produção cultural tem o potencial do texto literário para desempenhar esse papel. Só a literatura — com o tempo e o ritmo que caracterizam a palavra escrita — permite que se desenvolva tanto a imaginação do usuário, dando-lhe a possibilidade de criação individual de roteiros improváveis paralelos, enquanto lê. Ou lhe propiciando a simultânea construção imaginária, às vezes até inconsciente, de cenários utópicos sofisticadamente estruturados. Só ela é capaz de acompanhar de dentro a mente de diferentes personagens com visões do mundo variadas, contraditórias e complementares, ou contrapor autores diversos, mas igualmente fortes e sedutores. Com isso, ao mesmo tempo, ela é capaz de ensinar tolerância, respeito à diferença e a capacitar a que se oponham teses distintas e se busquem as sínteses necessárias.[5]

A despeito da certeza que possamos ter (ou julgar que temos) em relação à importância da Literatura, no dia a dia os fatos reais nos fazem, por vezes, não exatamente duvidar dela, mas questioná-la.

A esse respeito, lendo *The annotated snark*, de Lewis Carroll, editado por Martin Gardner, deparei-me com a

---
[5] Idem, pp. 175-6.

seguinte nota, que conta uma história sobre leitores, ao mesmo tempo saborosa e instrutiva:

> A escritora americana Edith Wharton adorava o poema *Snark*, de Lewis Carroll, quando era apenas uma menininha. Na sua autobiografia, *A Backward Glance* (1934), páginas 311-12, ela descreve um almoço com o Presidente Roosevelt, a quem ela conhecia desde a infância. "Bem", ele disse, "estou feliz de receber na Casa Branca uma pessoa para quem eu posso recitar *The Hunting of Snark* sem ser perguntado sobre o que estou falando! [...] Você não vai acreditar, mas ninguém do governo jamais ouviu falar de Alice, muito menos do Snark, tanto que outro dia, quando eu disse para o Secretário da Marinha: "Sr. Secretário, o que eu repito três vezes é verdade" (um verso do poema *Snark*), ele não reconheceu a alusão e respondeu com ar aflito: "Sr. Presidente, nunca, nem por um instante, me ocorreria contestar a veracidade do que o senhor afirma.[6]

Duas situações opostas são mostradas nessa pequena anedota: a primeira, a da menininha Edith Warthon (ela se tornaria depois grande escritora), fã de *The Hunting of the Snark* (*A caça ao turpente*),[7] de Lewis Carroll, possivelmente desde cedo grande leitora; a segunda, a dos funcionários do governo, no caso o norte-americano, que chegaram a altos cargos — o de secretário da Marinha, por exemplo —, sem conhecer Lewis Carroll, um dos maiores escritores de língua inglesa. O presidente, porém, sabia de cor o poema, mas ele era uma exceção na Casa Branca.

Pensando no caso do secretário da Marinha norte-americana, que ocupou um cargo importante no governo, mesmo sem ter sido um ávido leitor de Literatura (não levarei em conta possíveis situações análogas em nosso País), perguntei-me: qual a importância da Literatura? Para que serve a Literatura, se podemos ter destaque profissional sem ela? Qual a sua importância na vida prática?

---

[6] GARDNER, Martin. *The annotated snark*. Londres: Penguin, 1967, p. 46.
[7] Na tradução de Álvaro A. Antunes. CARROLL, Lewis. *A caça ao turpente*. Além Paraíba: Interior Edições, 1984.

Muitas vezes, a negação da importância da Literatura é feita em casa, diariamente. O ensaísta, tradutor, editor e romancista argentino, naturalizado canadense, Alberto Manguel, em *Uma história da leitura*, lembra que, quando a sua mãe o via com um livro na mão, dizia: "'Saia e vá viver!', [...], como se minha atividade silenciosa contradissesse seu sentido do que significava estar vivo".[8]

É óbvio que não podemos duvidar da importância da Literatura, de seu valor no nosso cotidiano e na nossa vida profissional, mas é natural que, vez por outra, certas inquietações nos assaltem e nos levem a repetir a velha e eterna pergunta sobre o seu valor, mesmo que seja, no fundo, para reiterarmos a nossa fé nela.

Saber mais e ver mais longe, dons que a literatura nos concede, são e serão sempre valores fundamentais na nossa formação, desde cedo. O que teria sido do grande romancista Graciliano Ramos, perdido no interior de Alagoas e Pernambuco, praticamente analfabeto até os nove anos de idade, sem a Literatura? Em *Infância*,[9] livro autobiográfico, o escritor conta como descobriu os livros (na biblioteca de Jerônimo Barreto e não na escola) e a importância deles no universo árido de ideias e sentimentos em que vivia:

> Em poucos meses li a biblioteca de Jerônimo Barreto. Mudei hábitos e linguagem. Minha mãe notou as modificações com impaciência. E Jovino Xavier também se impacientou, porque às vezes manifestava ignorância de selvagem. Os caixeiros do estabelecimento deixaram de afligir-me e, pelos modos, entraram a considerar-me um indivíduo esquisito.[10]

No parágrafo seguinte, o ávido leitor conclui, exorcizando o ambiente mesquinho em que vivia: "Minha

---

[8] MANGUEL, Alberto. *Uma história da leitura*. São Paulo: Companhia das Letras, 2006, p. 35.
[9] RAMOS, Graciliano. *Infância*. São Paulo: Record, 2000.
[10] Idem, p. 216.

mãe, Jovino Xavier e os caixeiros evaporavam-se. A única pessoa real e próxima era Jovino Barreto, que me fornecia a provisão de sonhos, me falava na poeira de Ajácio, no trono de S. Luís, em Robespierre, em Marat".[11]

A ideia de que a leitura é, ao mesmo tempo, a construção de um universo e um refúgio contra a hostilidade do mundo foi exposta pelo escritor e ensaísta argentino Ricardo Piglia, em *O último leitor,* ao analisar o que ele chama de os dois movimentos do leitor em Jorge Luis Borges, conclusão que dialoga, parece-me, com a afirmação acima de Graciliano Ramos.

Se é evidente a importância da Literatura, ninguém negará, no entanto, que sempre haverá fatos concretos que a colocarão em xeque. No momento atual, em que vivemos uma "crise" da leitura, sentimos muitas vezes que somos o "último leitor" (de Literatura). Por isso, não vejo mal algum em indagar o que parece óbvio: por que devemos ler? Ou melhor, para que serve a literatura? Não vejo mal algum em querer escutar de novo, como leitores, aquilo que já estamos cansados de saber: que devemos "ler para viver" (Gustave Flaubert) ou "ler para fazer perguntas" (Franz Kafka). Reavivamos assim, com perguntas, a chama da nossa fé.

---

[11] Idem, ibidem.

OS ELEFANTES QUE ATORMENTAM AS CRIANÇAS

Numa das narrativas autobiográficas do seu livro *A professora de desenho e outras histórias*,[1] Marcelo Coelho descreve seu primeiro dia na escola sem cair em nenhum momento no lugar-comum, nisso diferindo daqueles escritores que costumam trazer à tona lembranças românticas e edificantes de seus primeiros contatos com a instituição escolar. Coelho lembra desse dia com a mesma perplexidade de quem, como a personagem Alice, de Lewis Carroll, cai repentinamente num buraco ou atravessa o espelho, e encontra-se num mundo com regras próprias, onde nada mais faz sentido.

Dessa extraordinária experiência na escola, restou ao autor na lembrança sua vontade de ir ao banheiro, a qual não foi levada em conta pela professora, que falava algo sobre elefantes — "assunto mais louco para um primeiro dia de aula" —,[2] tema que teria surgido sem maiores explicações nem relações concretas com o mundo a sua volta. Por isso, o que lhe ensinou a professora nesse dia não ganhou a relevância que hipoteticamente teria e acabou por desaparecer sob a vontade de urinar do jovem estudante: "Só eu liguei de verdade para o caso do xixi. As outras pessoas estão tratando de assuntos mais sérios. Elefantes, por exemplo".[3]

O relato infantojuvenil desconcertante de Marcelo Coelho também deveria ser leitura "obrigatória" para muitos pais e professores que já se esqueceram de seus longos

---

[1] COELHO, Marcelo. *A professora de desenho e outras histórias*. São Paulo: Companhia das Letrinhas, 2006.
[2] Idem, p. 6.
[3] Idem, p. 9.

anos nos bancos escolares. O que conta o escritor brasileiro encontra eco no depoimento dado pelo dramaturgo Bernard Shaw a alunos do ensino médio britânico, no início do século passado. Disse Shaw que, "quanto à matemática, ficar preso em um quarto feio fazendo somas algébricas sem que nunca ninguém me explicasse o sentido da matemática e sua relação com as ciências foi o suficiente para me fazer odiá-la por toda a minha vida".[4]

O certo é que, também no século XXI, em diversas partes do mundo, e no Brasil, é claro, muitas escolas parecem destinar menos espaço à educação e apostar mais na instrumentação: conteúdos apresentados de chofre ao aluno, sem prévia orientação, tudo para que se possa cumprir o currículo e o calendário escolar.

Marshall McLuhan, em meados do século XX, ao refletir sobre a notável quantidade de níveis de informação que existe fora da sala de aula, já se perguntava qual seria o futuro da educação num mundo em que as proporções se invertem. Segundo McLuhan, com a inversão "espetacular" das fontes de informação, é possível pensar que a função da escola também se tenha invertido, que a função da escola já não seja instruir, mas descobrir, ou seja, treinar a percepção do ambiente exterior em vez de meramente reproduzir informações e introduzi-las no crânio dos alunos dentro de um determinado ambiente.[5]

A tese de McLuhan parece ter ficado mesmo no século passado; por isso, no nosso sistema educacional, o que ainda interessa (ou pode parecer mais essencial) é a prontidão das respostas, das fórmulas, das regras, ainda que esse sistema se valha dos recursos das mídias e de salas de aulas "inteligentes" e bem equipadas. Tendemos, portanto, a substituir a educação pela instrução. Instruir é treinar, condicionar, informar, adestrar. Educar, porém, vem do

---
[4] SHAW, Bernard. *O teatro das ideias*. São Paulo: Companhia das Letras, 1996, p. 188.
[5] MCLUHAN, Stephanie; STAINES, David. *McLuhan por MacLuhan*. Rio de Janeiro: Ediouro, 2005.

latim *ex-ducere*, que significa "conduzir ou arrancar para fora", ou seja, a educação leva o indivíduo de uma condição de existência para outra.[6]

Na era das mídias, quando navegamos de lá para cá entre as linguagens, onde já não sabemos se, como diz Néstor García Canclini, estamos diante de um livro, de uma ficção ou de um documentário, a atenção do professor precisa ser redobrada e sua erudição, que idealmente deve ser vasta e variada, conta mais do que qualquer "sala de aula inteligente", estruturada com tecnologia de ponta.

Fato é que, em pleno século XXI, a educação continua sendo tomada como uma tarefa a ser concluída o quanto antes, para não atrasar o cronograma. E, acima de tudo, uma tarefa que dita e determina a ação que a realiza. Embora a tarefa e a ação estejam ligadas uma à outra, a mentalidade pragmática das instituições escolares engana-se quando deixa de dar atenção a essa distinção e toma a tarefa, que é seu objetivo, pela ação. Enquanto isso não mudar, alguns elefantes continuarão a atormentar nossas crianças já no primeiro dia de aula.

---

[6] HEIDEGGER, Martin. *Todos nós... ninguém:* um enfoque fenomenológico do social. São Paulo: Editora Moraes, 1981.

"PLANETA LEITURA" E A CRISE DO ENSINO DA LITERATURA

Em 2008, a Secretaria de Estado da Educação, do Governo de Santa Catarina, lançou o projeto "Planeta Leitura — Ziraldo e seus amigos", originalmente um projeto da Ed. Melhoramentos, de São Paulo. A referida Secretaria o acolheu sem restrições e, aparentemente, sem maiores reflexões.

Como consta do *site* oficial da Secretaria de Estado da Educação, o projeto "Planeta Leitura" compreende a distribuição, nas escolas estaduais, de uma coleção intitulada "Ziraldo e seus amigos", a qual, segundo o Prof. Dr. Isaac Ferreira (SED/DIEB), reiterando literalmente as palavras do diretor comercial da Ed. Melhoramentos, Manildo Ruiz Cavalcante,

> foi desenvolvida para estudantes do Ensino Fundamental (1ª à 9ª séries). Ela está dividida em nove maletas, as quais contêm doze títulos para cada seguimento. Sua publicação é de responsabilidade da Editora Melhoramentos, sendo seus autores, como o próprio título sugere, Ziraldo e alguns de seus amigos: Ruth Rocha, Ana Maria Machado, entre outros.[1]

Acolher integralmente um projeto pedagógico de tal porte suscita pelo menos alguns questionamentos: por que a Secretaria de Estado da Educação optou apenas por livros da Editora Melhoramentos? São os melhores livros oferecidos pelo mercado? Ou, ao contrário, nesse caso, a literatura simplesmente tornou-se subserviente à indústria cultural? Vale lembrar, aliás, que Néstor García Canclini

---

[1] Apud VALENTE, César. *Ziraldo e o amigo LHS*. 2008. Disponível em: <http://deolhonacapital.blogspot.com/2008/10/ziraldo-e-o-amigo-lhs.html>. Acesso em: 19 mar. 2012.

já chamou a atenção, em seus textos, para o fato de que a indústria invade as escolas, em todos os lugares, e a fusão de uma editora comercial com a Secretaria de Estado da Educação comprova isso. No tocante à literatura, Canclini afirma que "o mundo editorial almeja taxas tão lucrativas quanto as dos negócios em televisão ou no setor de eletrônica".[2] Não há como não concluir que o "Planeta Leitura — Ziraldo e seus amigos" é um projeto comercial muito "ousado", o que necessariamente não reflete na sua qualidade pedagógica.

Outra questão controversa do projeto "Planeta Leitura" é a classificação de livros segundo os anos do ensino escolar (livros para o primeiro ano, para o segundo etc., numa divisão completamente estanque). É a literatura vista como material paradidático e não como "literatura de verdade", a qual, como afirma o ensaísta argentino Daniel Link, é composta de livros que "não participam apenas da pedagogia [mesmo quando alguma pedagogia seja possível a partir deles] ou apenas da divulgação [mesmo quando efetivamente divulguem]".[3]

A classificação de livros segundo os anos do ensino escolar é muito semelhante à classificação de livros por faixa etária, uma vez que ambas as classificações não levam em conta os hábitos reais dos leitores, hábitos que não obedecem necessariamente a um cronograma, nem etário nem escolar. Lembra Clive Staples Lewis, autor de *Crônicas de Nárnia*, que

> a classificação rígida dos livros segundo faixas etárias, tão cara a nossos editores, tem uma relação muito vaga com os hábitos dos leitores reais. Aqueles que são censurados quando velhos por lerem livros de criança também eram censurados quando crianças por lerem livros escritos para mais velhos. Nenhum leitor que se preze avança obedientemente de acordo com um cronograma.[4]

---

[2] CANCLINI, Néstor García. *Leitores, espectadores e internautas*. São Paulo: Iluminuras, 2008, p. 21.
[3] LINK, Daniel. *Como se lê e outras intervenções críticas*. Chapecó: Argos, 2002, p. 130.
[4] LEWIS. C.S. *As crônicas de Nárnia*. São Paulo: Martins Fontes, 2005, p. 746.

Tocando na mesma questão, o crítico norte-americano Harold Bloom diz abster-se "de sugerir qualquer história ou poema em especial para uma ou outra idade, porque prefiro considerar o livro um campo aberto onde o leitor passeará e descobrirá, por si mesmo, o que lhe pareça mais apropriado".[5]

No ensaio "Contra a literatura infantil", o escritor argentino César Aira opina que aquilo que a

> subliteratura faz não é inventar seu leitor, operação definidora da literatura genuína, mas dá-lo por inventado e concluído, com traços determinados pela suspeitosa raça dos psicopedagogos: de três a cinco anos, de cinco a oito anos, de oito a doze anos [...]; seus interesses se dão por sabidos, suas reações estão calculadas. Fica obstruída de entrada a grande liberdade criativa da literatura, que é em primeiro lugar a liberdade de criar o leitor e fazê-lo criança e adulto ao mesmo tempo, homem e mulher, um e muitos.[6]

Marcelo Coelho, autor de livros infantojuvenis e colunista da *Folha de S. Paulo*, afirmou em seu *blog* que

> faz parte da experiência de todo leitor topar com livros "abaixo" ou "acima" do seu nível de compreensão. Ler coisas "adequadas" e "inadequadas" alternativamente não deixa de ser uma forma de exercitar a leitura crítica. Retornar, anos depois, a um livro que se julgou difícil, e surpreender-se com o fato de ter ficado fácil, é uma vivência intelectual de grande importância.[7]

Portanto, restringir leituras segundo os anos do ensino escolar é privar a criança dessa importante vivência intelectual. Por tudo isso, é urgente discutir com seriedade as classificações de livros em voga nas nossas escolas.

---

[5] BLOOM, Harold. *Contos e poemas para crianças extremamente inteligentes de todas as idades*, v. 1. Rio de Janeiro: Objetiva, 2003, p. 13.
[6] *Babelia*, suplemento de *El País*, 22 dez. 2001.
[7] COELHO, Marcelo. "Leituras com idade certa?", 2008. Disponível em: <http://marcelocoelho.folha.blog.uol.com.br/paisefilhos/arch2008-05-01_2008-05-31.html>. Acesso em: 19 mar. 2012.

O ensaio de Marcelo Coelho dialoga com um artigo do jornal inglês *The Guardian*, que, em maio de 2008, trouxe à tona a discussão entre autores e editores ingleses sobre a "recomendação" de faixa etária impressa nas capas de livros para pequenos leitores. A respeito dos livros catalogados por idade, importantes escritores de livros "para crianças", consultados pelo jornal, opinaram ser essa classificação "desastrosa", "tola", "ridícula", pois um leitor resistente à literatura irá relutar em ler um livro que considera abaixo da sua faixa etária e não se encorajará a ler um livro acima de sua faixa etária. Já um leitor habituado à literatura não se preocupará com a faixa etária de seu livro.

Indo de encontro a essa opinião dos autores, os editores ingleses são, porém, favoráveis a catalogar os livros por faixa etária, uma vez que esse procedimento, como eles afirmam, facilita a compra do livro pelos adultos. Não poderia deixar de concordar aqui com Marcelo Coelho, que, a respeito disso, afirmou: "a não ser que os adultos sejam muito broncos para imaginar que tipo de livro devem dar para as crianças, prefiro que as editoras não assumam essa responsabilidade de forma explícita. E, se os pais forem broncos, um livro errado não é o pior que pode acontecer a seus filhos".[8] Apesar de a escolha dos livros para crianças ser feita pelos adultos, Cecília Meireles afirmou, no século passado, que a literatura infantil deveria ter um conceito *a posteriori*, não *a priori*, ou seja, deveria incluir aquilo que as crianças leem com agrado. Segundo essa concepção, a suposta "adequação" à faixa etária não importa muito.

Tem-se comentado, cada vez mais, dentro e fora do Brasil, o quanto a classificação por faixa etária explícita tende, mais cedo ou mais tarde, a degenerar num "código moral".

[8] COELHO, Marcelo. *Leituras com idade certa?*, disponível em: <http://marcelocoelho.folha.blog.uol.com.br/paisefilhos/arch2008-05-01_2008-05-31.html>. Acesso em: 19 mar. 2012.

Toda essa preocupação em classificar e escolher o que as crianças devem ou não devem ler é rebatida pelo professor de Teoria Literária Jair Tadeu da Fonseca, da UFSC, que disse o seguinte, no artigo "Sobre literatura, crianças, adultos e outros bichos": "a produção de discursos e práticas não só sobre as crianças, mas para as crianças, legitima e, antes, institui, demarca o lugar de quem se julga no direito de falar pelos que não teriam voz e por isso têm seu lugar demarcado, instituído: o lugar do infanto, do *infans* — etimologicamente, o que não fala".[9]

No já famigerado projeto da Editora Melhoramentos, que a Secretaria de Estado da Educação acolheu (aliás, pergunto-me se não seria mais lógico manter unidas as Secretarias da Educação e da Cultura, como já o foram antes, pois, nesse projeto, faltou claramente o entendimento do que é a literatura hoje), lemos que "os títulos, em consonância com os nortes da Proposta Curricular de Santa Catarina [no projeto da Editora Melhoramentos lemos: 'seguindo o que há nos Parâmetros Curriculares Nacionais'], abordam temas como: ética, saúde, pluralidade cultural, meio ambiente, dentre outros". Além disso, afirma-se ali que "os textos — agradáveis, simples e com importante conteúdo — vêm acompanhados de ilustrações atrativas e condizentes com a temática".

Quanto ao "importante conteúdo" dos livros, podemos facilmente concluir que se trata de textos com fecho moral, pois, afinal, é isso o que se lê em boa parte das narrativas que compõem as caixas da Editora Melhoramentos. Em *O passarinho Rafa*, de Regina Drummond, por exemplo, a ave protagonista da história termina livre, graças a duas bondosas crianças, enquanto em *Beto baguncinha*, de Flávia Muniz, no final da história, Beto, o bagunceiro, "entendeu o recado e resolveu cooperar: um lugar pra cada coisa, cada

---

[9] FONSECA, Jair Tadeu da. *Sobre literatura, crianças, adultos e outros bichos*, disponível em: <http://www.centopeia.net/secoes/?ver=175&secao=infanto&pg=1>. Acesso em: 19 mar. 2012.

coisa em seu lugar". Nem os autores consagrados se furtam a esse viés moralista; assim, na seleção de livros da premiada escritora Ruth Rocha, as narrativas ensinam desde bom comportamento até boa alimentação.

Os livros das caixas destinadas às idades mais avançadas são claramente textos de autoajuda, como, por exemplo, *Sucesso! Eu vou chegar lá...*, de Frank McGinty, o qual dá algumas "dicas legais", do tipo: "1. Use uma linguagem positiva — ela reflete e influencia seus pensamentos e, por conseguinte, seus atos. 2. Não pense em 'problemas', pense em 'desafios'. Curta o desafio." Outro título das caixas devotadas ao final do ensino fundamental é: *Sexo! Não é tudo na vida... Então por que só penso nisso o tempo todo?*, de Antonio Carlos Vilela, cujo tema — namoro, aids, gravidez, entre outros — é desenvolvido numa linguagem capaz de esfriar qualquer relação com a literatura: "Tomei um banho caprichado, limpando tudo direitinho, se é que vocês me entendem". E o que dizer do livro *Bagdá, o skatista*, de Toni Brandão, cujo protagonista adolescente "trocou a carona da gata pelo bumba" e, aparentemente, nada mais fez de interessante.

Mais um último exemplo desalentador do que se pode encontrar nessas maletas é *O que eu faço da vida?*, de Antonio Carlos Vilela, que discorre sobre a vida difícil dos adolescentes e lembra que "ser criança é muito mais fácil", já que elas não sofrem por nada. Segundo o grande crítico Otto Maria Carpeaux, no entanto, o sucesso do escritor dinamarquês Hans Christian Andersen reside, entre outras razões, no fato de que foi capaz de perceber que, para a criança, nem tudo é brincadeira sem consequência, como os adultos costumam a pensar: "[...] as crianças são realistas a seu modo: a brincadeira lhes parece muito séria. Por isso gostam tanto dos contos de Andersen, porque ele também tomou a sério o mundo dos brinquedos".[10]

---

[10] CARPEAUX, Otto Maria. *Ensaios reunidos*, v. 1. Rio de Janeiro: UniverCidade Editora/Topbooks, 2004, p. 603.

Vale lembrar que, a respeito dos "contos edificantes", Walter Benjamin declarava duvidar de que os jovens leitores apreciem textos unicamente por sua moral. O filósofo alemão achava difícil acreditar que as crianças utilizem as fábulas como uma fórmula de edificação "de sua inteligência", embora seja essa a opinião de "certa sabedoria que tudo ignora sobre a infância".[11] O certo é que, como qualquer leitor, a criança extrairá do texto aquilo que ela mesma quer no momento da leitura, e a moral da história pode aí ganhar relevo ou não.

Ao discorrer sobre histórias com moral, em *Infância*, livro autobiográfico, o romancista Graciliano Ramos conta a sua experiência com as leituras "edificantes", que a escola tornara obrigatória:

> Um grosso volume escuro, cartonagem severa. Nas folhas delgadas, incontáveis, as letras fervilhavam, miúdas, e as ilustrações avultavam num papel brilhante como rasto de lesma ou catarro seco. Principiei a leitura de má vontade. E logo emperrei na história de um menino vadio que, dirigindo-se à escola, se retardava a conversar com os passarinhos e recebia deles opiniões sisudas e bons conselhos [...]. Ave sabida e imodesta, que se confessava trabalhadora em excesso e orientava o pequeno vagabundo no caminho do dever. Em seguida vinham outros irracionais, igualmente bem intencionados e bem falantes.[12]

O menino Graciliano tinha consciência de que a finalidade do texto era "elevar as crianças, os insetos e os pássaros ao nível de professores".[13] Nem por isso sentiu prazer maior em ler tal narrativa.

Outra afirmação do projeto da Editora Melhoramentos que chama a atenção — foi transcrita pela Secretaria de Estado da Educação — é aquela que qualifica os textos

---

[11] BENJAMIN, Walter. *Magia e técnica, arte e política*. São Paulo: Brasiliense, 1994, p. 238.
[12] RAMOS, Graciliano. *Infância*. São Paulo: Record, 2000, p. 117.
[13] Idem, p. 118.

das maletas como "agradáveis e simples". Pergunto-me: para quem eles são agradáveis e simples? E se são tão agradáveis e simples assim, por que os professores precisam de "capacitação", como alerta a referida Secretaria de Educação, para a boa utilização do material que lhes foi oferecido?

Os livros da Secretaria de Estado da Educação, mesmo sendo agradáveis e simples, pouco ajudarão ou incentivarão o futuro leitor de textos clássicos, filosóficos ou ensaios jornalísticos. Ou seja, não me parece que esses livros ofereçam bases sólidas para o "aprofundamento das habilidades de leitura e de produção textual escrita", como anunciado. É claro que eles podem e devem ser lidos, desde que acompanhados de grandes textos da literatura, esses, sim, livros que devem fazer parte da biblioteca de qualquer escola e do repertório de leitura de qualquer criança e professor.

A propósito dos grandes textos, aqueles que chamamos de clássicos, o escritor e ensaísta italiano Italo Calvino afirma que "a escola deve fazer com que você conheça bem ou mal um certo número de clássicos dentre os quais (ou em relação aos quais) você poderá depois reconhecer os 'seus' clássicos. A escola é obrigada a dar-lhe instrumentos para efetuar uma opção: mas as escolhas que contam são aquelas que ocorrem fora e depois da escola".[14]

Segundo Calvino, "os clássicos servem para ensinar quem somos e aonde chegamos".[15] Ao lado da leitura dos clássicos, Calvino lembra, todavia, da importância de ler também textos sobre assuntos atuais, "numa sábia dosagem", já que, "para poder ler os clássicos, temos de definir 'de onde' eles estão sendo lidos, caso contrário tanto o livro quanto o leitor se perdem numa nuvem atemporal".[16]

A Secretaria de Estado da Educação talvez devesse refletir mais sobre a importância de ler grandes livros, ou

---

[14] CALVINO, Italo. *Por que ler os clássicos*. São Paulo: Companhia das Letras, 2007, p. 13.
[15] Idem, p. 16.
[16] CALVINO, op. cit., p. 14-5.

os clássicos, esses, sim, essenciais ao desenvolvimento de qualquer leitor.

Para o ensaísta argentino Daniel Link,

> a escola [diria que não se trata agora da escola, mas da Secretaria de Educação] desdenha os clássicos [...]. Tão moderno nos tornamos, depois da televisão, o *skate*, as realidades virtuais e outras maravilhas do presente, que não nos animamos a impor a literatura a nossas crianças. Tudo se dissolve, assim, em textos insossos e elementares, em histórias pesadamente morais, na transcrição "literária" (com sintaxe módica) da vida cotidiana das crianças, cujos avatares a literatura infantil tenta estetizar. A literatura (a literatura de verdade) morre nas mentes e nos desejos e na imaginação das crianças pela mediocridade quantitativa do material que habitualmente lhes é oferecido. Poucos autores [...] falam às crianças a partir da literatura. Poucos pedagogos mostram às crianças a literatura de verdade.[17]

Aliás, poucos pedagogos conhecem a literatura de verdade. Sem repertório, sem ter o que oferecer às crianças, eles se tornam reféns de projetos como esse que comentei e que pouco acrescentam à formação do leitor.

---

[17] Link, op. cit., p. 133.

PARTE II

Notas teóricas

SOBRE OS CONCEITOS DE CRIANÇA E INFÂNCIA

Num ensaio intitulado "Sobre a gênese da burrice",[1] Theodor Adorno e Max Horkheimer comparam a inteligência a uma antena de caracol, que diante de um obstáculo, ou do desconhecido, recolhe-se ao abrigo protetor do corpo. Depois, ao ganhar de novo confiança, voltará muito hesitantemente a expor-se como "órgão independente".[2] Se o suposto perigo persistir, ela retornará ao corpo, não deixando, no entanto, de fazer novas tentativas de contato, mesmo que a distância.

A conclusão a que chegam os dois filósofos, diante dessa comparação, é a de que, "em seus começos, a vida intelectual é infinitamente delicada. O sentido do caracol depende do músculo, e os músculos ficam frouxos quando se prejudica seu funcionamento. O corpo é paralisado pelo ferimento físico; o espírito, pelo medo. Na origem as duas coisas são inseparáveis".[3]

Segundo Adorno e Horkheimer, os animais mais evoluídos devem essa evolução à liberdade, a qual dirigiu suas antenas para novas direções. Esses animais, aliás, ainda mantêm as suas antenas, o que não acontece com outros que as perderam e que "sucumbiram ao medo tão logo uma de suas antenas se moveu na direção de sua evolução. A repressão das possibilidades pela resistência imediata da natureza ambiente prolongou-se interiormente, com o atrofiamento dos órgãos pelo medo."[4]

---

[1] ADORNO, Theodor W.; HORKHEIMER, Max. *Dialética do esclarecimento.* Rio de Janeiro: Jorge Zahar, 1986.
[2] ADORNO; HORKHEIMER, op. cit., p. 239.
[3] Idem, ibidem.
[4] Idem, ibidem.

O primeiro olhar tateante é, portanto, sempre fácil de dobrar, "ele tem por trás de si a boa vontade, a frágil esperança, mas nenhuma energia constante. Tendo sido definitivamente afugentado da direção que queria tomar, o animal torna-se tímido e burro".[5] Esse conceito, aparentemente drástico, "burrice", é definido por Adorno e Horkheimer como uma cicatriz. Quando a burrice é parcial, a cicatriz destaca o lugar em que o "jogo dos músculos foi, em vez de favorecido, inibido no momento do despertar".[6] A inibição dá início, então, a uma inútil repetição de tentativas desorganizadas e desajeitadas.

Poderíamos comparar as crianças a esses caracóis com antenas tateantes, curiosos, mas ainda tímidos ou confusos, os quais precisam de incentivo e estímulo para ganhar confiança e terem seus músculos fortalecidos.

Na verdade, como enfatiza Walter Benjamin, a relação entre a criança e o adulto é, em geral, bastante conflituosa: "travamos nossa luta por responsabilidade contra um ser mascarado. A máscara do adulto chama-se 'experiência'. Ela é inexpressiva, impenetrável, sempre a mesma. Esse adulto já vivenciou tudo: juventude, ideais, esperanças, mulheres. Foi tudo ilusão. — Ficamos, com frequência, intimidados ou amargurados".[7]

As perguntas intermináveis que as crianças fazem resultam, na opinião de Adorno e Horkheimer, em grande parte desse conflito. Essas perguntas já são sinais de uma "dor secreta, de uma primeira questão para a qual [a criança] não encontrou resposta e que não sabe formular corretamente".[8] Mas, um dia, os questionamentos repetitivos diminuem, e se a inibição imputada à criança for excessivamente brutal, concluem os filósofos,

---

[5] Idem, p. 239.
[6] Idem, p. 240.
[7] BENJAMIN, Walter. *Reflexos sobre a criança, o brinquedo e a educação*. São Paulo: Editora 34, 2002, p. 21.
[8] Adorno; Horkheimer, op. cit., p. 240.

a atenção pode se voltar numa outra direção, a criança ficou mais rica de experiências, como se diz, mas frequentemente, no lugar onde o desejo foi atingido, fica uma cicatriz imperceptível, um pequeno enrijecimento, onde a superfície ficou insensível. Essas cicatrizes constituem deformações [...], elas podem tornar as pessoas burras — no sentido de uma manifestação de deficiência, da cegueira e da impotência [...].[9]

No tocante à relação conflituosa entre adulto e criança, o já citado Walter Benjamin afirma que, ao levantar-se a máscara do adulto, percebe-se:

> antes de tudo um fato: também ele foi jovem um dia, também ele quis outrora o que queremos, também ele não acreditou em seus pais; mas a vida também lhe ensinou que eles tinham razão. E então ele sorri com ares de superioridade, pois o mesmo acontecerá conosco — de antemão ele desvaloriza os anos que estamos vivendo, converte-os na época das doces asneiras que se cometem na juventude, ou no êxtase infantil que precede a longa sobriedade da vida séria. Assim são os bem-intencionados, os esclarecidos. Mas conhecemos outros pedagogos cuja amargura não nos proporciona nem sequer os curtos anos de "juventude".[10]

Benjamin conclui, por conseguinte, que os adultos não encorajam o suficiente os jovens a realizar algo de grandioso, algo de novo. Eles muitas vezes negam ao jovem a experiência, pois, para os adultos, a experiência é o "eternamente-ontem", "carente de sentido e espírito". Mas, lembra o filósofo alemão, ela o é assim "apenas para aquele já desprovido de espírito".[11]

Em contrapartida, a primeira experiência que a criança tem do mundo não é a de que "os adultos são mais fortes", mas, como opina o filósofo italiano contemporâneo Giorgio Agamben, a da sua "incapacidade de magia",[12] ou

---

[9] Idem, p. 240.
[10] BENJAMIN, op. cit., pp. 21-2.
[11] Idem, p. 23.
[12] AGAMBEN, Giorgio. *Profanações*. São Paulo: Boitempo, 2007, p. 23.

seja, uma incapacidade de experimentar. A criança vê aí o seu destino, do qual não pode escapar. Não sem razão, Agamben parece acreditar que "a invencível tristeza que às vezes toma conta das crianças nasça precisamente dessa consciência de não serem capazes de magia".[13]

Contrapondo-se à tristeza infantil está a felicidade, que, segundo Agamben, é "crer no divino e não aspirar a alcançá-lo". Nesse sentido, o que vale é a experiência: "em última instância", continua o filósofo italiano, "a magia não é o conhecimento dos nomes, mas gesto, desvio em relação ao nome. Por isso, a criança nunca fica tão contente quando inventa uma língua secreta própria. Sua tristeza não provém tanto da ignorância dos nomes mágicos, mas do fato de não conseguir se desfazer do nome que lhe foi imposto." No entanto, diz Agambem, "logo que o consegue, logo que inventa um novo nome, ela ostentará entre as mãos o passaporte que a encaminha à felicidade".[14] O fato de sermos, então, capazes de magia, nos afastaria da precoce tristeza infantil.[15]

A magia está diretamente ligada à experiência com a linguagem, a um pensamento renovadamente crítico em relação à linguagem. A magia é o desvio que desvincula o sujeito da culpa da imposição de um nome.

Para ilustrar essa experiência da magia, creio que um bom exemplo seria o gnomo do conto "Uma gota de água", de Hans Christian Andersen. Nesse conto, o gnomo é um personagem sem nome, ou seja, é um personagem livre da imposição de um nome (de um nome próprio e de uma ideia preestabelecida sobre as coisas); talvez por isso somente ele seja capaz de nominar aquilo que vê numa gota suja de água: "Que temos por aqui? — perguntou um velho gnomo que chegava para uma visita, e que devia ser de alta consideração, pois nem nome tinha, o que é sinal

---

[13] Idem, p. 23.
[14] Idem, p. 25.
[15] Idem, p. 24.

de distinção entre os gnomos".[16] O velho Ziguezague, que observava a água há algum tempo, não sabia responder, via seres diminutos, mas não conseguia defini-los com precisão e pediu a interferência do gnomo: "E então, já sabe o que é? — perguntou Ziguezague. — Claro que sei — respondeu o outro. — [...]: estou vendo uma cidade grande do mundo. Deve ser Copenhague".[17]

O conceito de magia e o de infância caminham, portanto, lado a lado. Segundo o próprio Agamben, a infância "não é simplesmente um fato do qual seria possível isolar um lugar cronológico, nem algo como uma idade ou um estado psicossomático que uma psicologia ou uma paleoantropologia poderiam jamais construir como um fato humano independente da linguagem".[18] A infância seria, portanto, uma experiência com a linguagem, uma tentativa de nominar "conceitos vazios",[19] ou ainda, segundo o próprio Agamben, a infância seria "aquilo que chamamos de pensamento".[20]

O filósofo italiano toma como certo o pressuposto de que a infância é o lugar da experiência; por essa razão, concluímos com Agamben, a infância está presente em toda a existência do homem, "não pode ser simplesmente algo que precede cronologicamente a linguagem e que, a uma altura, cessa de existir para versar-se na palavra".[21]

Num ensaio intitulado "Ideia da infância", o filósofo italiano diz que "um adulto não pode aprender a falar: foram as crianças, e não os adultos, as primeiras a aceder à linguagem; e, malgrado os quarenta milênios da espécie

---

[16] ANDERSEN, Hans Christian. *Histórias e contos de fadas*, v. 1. Belo Horizonte: Villa Rica, 1996, p. 484.
[17] Ibidem, p. 485.
[18] AGAMBEN, Giorgio. *Infância e história:* destruição da experiência e origem da história. Belo Horizonte: UFMG, 2005, p. 10.
[19] Idem, p. 12.
[20] Idem, p. 13.
[21] Idem, p. 59.

homo sapiens, aquilo que constitui precisamente a mais humana das suas características — a aprendizagem da linguagem — permaneceu estreitamente ligado à condição infantil e a uma exterioridade: quem acredita num destino específico não pode, verdadeiramente, falar".[22] A infância é, desse modo, uma posição do ser.

A essas ideias a respeito da infância de Agamben podemos somar as de Jean-François Lyotard. Afirma o filósofo francês que

> batizamos de *infantia* aquilo que não fala [*in-fans*, do grego, não-fala]. Uma infância que não é uma idade da vida e que não passa. Ela povoa o discurso. Esse não cessa de afastá-la, é sua separação. Mas ela persiste, nele mesmo, que a representa como perdida. Sem saber, pois, a cobiça. Ela é seu resto. Se a infância permanece nele, é porque habita o adulto e não a despeito disso.[23]

Em *Leituras de infância*, livro que estou citando, Lyotard exemplifica o que, para ele, significa viver a infância. Nas suas páginas, o filósofo francês relê obras de autores como James Joyce, Franz Kafka, Jean-Paul Sartre e outros, a partir do que ele define como "desvio" de críticas anteriores. Lyotard lança, assim, um olhar novo sobre essas obras, não desconsiderando o que sobre elas já se falou, mas afastando-se de uma ideia já consolidada.

No tocante ao conceito de infância, ainda gostaria de mencionar o que o pensador francês Jean Baudrillard diz no ensaio "O continente negro da infância", escrito em 1995, a fim de complementar a discussão anterior. Esse ensaio propõe uma noção bastante contemporânea e apocalíptica da infância, apresentando a criança como um ser que orbita a convivência social, sem fazer parte dela, ou seja, o que está em debate no texto de Baudrillard é a

---

[22] AGAMBEN, Giorgio. *Ideia da prosa*. Lisboa: Cotovia, 1999, p. 93.
[23] LYOTARD, Jean-François. *Lecturas de infancia*. Buenos Aires: Eudeba, 1997, p. 13 (tradução nossa).

negação da infância, pois esta tenderia a "desaparecer", nas condições de vida da atualidade.

Nesse texto, Baudrillard afirma que a infância, no que se refere à ordem social e política, é "doravante" problema específico, "a exemplo da sexualidade, da droga, da violência, do ódio — de todos os problemas insolúveis derivados da exclusão social". Para Baudrillard, "a infância e a adolescência convertem-se hoje em espaço destinado por seu abandono à deriva marginal e à delinquência".[24]

Ao diagnosticar que vivemos uma época em que adolescentes e crianças são *serial killers*, Baudrillard conclui que essa situação não pode ser explicada "em simples termos de psicologia, de sociologia ou de moral". Para o pensador francês, "há mais, algo que vem da própria ruptura da ordem biológica e da ordem simbólica":[25] trata-se das variadas formas de inseminação artificial, que liquida a "gênese familial e sexuada, da concepção física e biológica". Como resultado dessa ruptura, a "criança passa a ser um ser operacional, *performance* técnica e projeção identitária — mais prótese em miniatura do que verdadeiro 'outro'". A criança seria, então, um subproduto, concebida "como excrescência ideal da imagem dos pais".[26] Segundo Baudrillard, embora essa questão científica (criança-clone) seja para o futuro, ela "já está presente no imaginário coletivo, e até mesmo na relação entre pais e filhos".[27] E, quanto "mais a hereditariedade genética aparece em evidência, mais a herança simbólica desaparece [...]. Mesmo a dramaturgia edipiana não funciona mais".[28]

Desse modo, para o pensador francês, a criança

---

[24] Idem, p. 51.
[25] Idem, bidem.
[26] Idem, p. 52.
[27] Idem, bidem.
[28] Idem, bidem.

perde a alteridade natural para entrar numa existência satélite [...]. Não há mais afirmação da infância, posto que não existem sequer as condições psíquicas e simbólicas da infância [...]. Desaparece como fase da metamorfose do ser humano. Ao mesmo tempo em que perde assim o próprio espírito e a singularidade, a infância torna-se uma espécie de continente negro.[29]

No "continente negro" (termo que parece se referir ao universo lúgubre e assustador das narrativas góticas, sejam literárias ou cinematográficas), o Outro é o adulto, contra o qual a criança se volta violentamente, segundo Baudrillard, já que ela não se sente mais nem descendente nem solidária dele.

Baudrillard conclui dizendo que "crianças sempre haverá, mas como objeto de curiosidade ou de perversão sexual, ou de compaixão, ou de manipulação e de experimentação pedagógica, ou simplesmente como vestígio de uma genealogia do vivo".[30]

Ainda mais apocalíptico (e o contexto atual talvez incentive a fazê-lo) é pensar a criança como *Alien*, um monstro que nasce do rompimento da cadeia simbólica das gerações, ou um produto de outra época, de uma época em que a infância tinha o seu tempo, o qual foi destruído pela aceleração geral. Essa tese foi desenvolvida, ou pelo menos anunciada, pelo próprio Baudrillard.

A literatura infantil já registrou, com incontornável humor negro e muita ironia, essa infância de que fala Baudrillard. Em *Triste fim do pequeno menino ostra e outras histórias*, de Tim Burton, famoso diretor de cinema que flerta com o gótico e o *nonsense*, uma linda menina tenta conquistar o seu namorado guitarrista dando-lhe um filho, conforme se lê em "O bebê âncora":

---

[29] Idem, p. 52.
[30] Ibidem, p. 53.

> Mas para tirar o bebê do ventre
> Foi preciso ajuda de uma grua.
> O cordão umbilical parecia uma
> Grossa e compridíssima corrente.
> O feto era triste, feioso
> E um tanto ferruginoso.
> Em vez da tez tenra e rosa,
> Sua pele era uma crosta cinza.
> Para quem queria calmaria
> A criança foi uma frente fria,
> Antecedendo dias e mais dias
> De tempestade e ventania.[31]

Numa outra história de Tim Burton, "O menino múmia", a descrição que temos da criança recém-nascida não agradou nem mesmo a seus pais:

> Não era rosado nem fofo.
> Carne, tampouco ele tinha;
> Era duro e, por dentro, oco:
> Um bebê em forma de múmia!
> "Doutor, o senhor nos poderia
> Explicar a causa de nossos males:
> Por que é que toda a nossa alegria
> acabou num punhado de gaze?"
> "Quer para o bem, quer para o mal,
> O diagnóstico será um só.
> O seu filho guarda o sinal
> Da Maldição do Faraó."[32]

Após ter apresentado nos parágrafos anteriores algumas reflexões sobre a infância no mundo contemporâneo, indo de uma visão mais filosófica para outra mais sociológica e apocalíptica, retomo mais uma vez Walter Benjamin, que, num ensaio do início do século XX, afirmou tratar-se de preconceito ver as crianças como "seres tão diferentes de nós, com uma existência tão incomensurável à nossa, que

---

[31] Burton, Tim. *O triste fim do pequeno menino ostra e outras histórias*. São Paulo: Girafinha, 2007, p. 119.
[32] Idem, p. 87.

precisamos ser particularmente inventivos se quisermos distraí-las".[33] Apesar disso, acrescenta Benjamin, "desde o Iluminismo, essa tem sido uma das preocupações mais estéreis dos pedagogos", que, "em seu preconceito", não percebem que a terra está cheia de objetos "puros e infalsificáveis" capazes de atrair a atenção das crianças.[34] Por "puros e infalsificáveis", o pensador entende aqueles objetos que não necessitam ser retocados ou fabricados pelo homem para atrair especialmente a atenção das crianças.

No século XIX, o poeta Charles Baudelaire, num de seus textos teóricos, comparou a criança ao estado de convalescença (desde que a doença tenha "deixado puras e intactas nossas faculdades espirituais"), estado que, segundo ele, é um retorno à infância: "O convalescente goza, no mais alto grau, como a criança, da faculdade de se interessar intensamente pelas coisas, mesmo aquelas que aparentemente se mostram as mais triviais". A criança, assim como o convalescente, vê tudo com "olhar matinal", para o qual tudo é novidade, "ela está sempre inebriada. Nada se parece tanto com o que chamamos inspiração quanto a alegria com que a criança absorve a forma e a cor".[35]

Baudelaire conclui dizendo que "é à curiosidade profunda e alegre que se deve atribuir o olhar fixo e animalmente estático das crianças diante do *novo*, seja o que for, rosto ou paisagem, luz, brilhos, cores, [...]".[36]

O novo, convém enfatizar, também é o inútil; como bem ponderou Benjamin, parece que as crianças se sentem "atraídas por detritos, onde quer que eles surjam – na construção de casa, na jardinagem, na carpintaria", e também na literatura, na arte e demais produtos culturais

---

[33] BENJAMIN, Walter. *Magia e técnica, arte e política*. São Paulo: Brasiliense, 1985, p. 237.
[34] Idem, p. 237.
[35] BAUDELAIRE, Charles. *A modernidade de Baudelaire*. Teixeira Coelho (org. e seleção.). São Paulo: Paz e Terra, 1988, p. 168.
[36] Idem, p. 169, grifo do autor.

dirigidos a elas. Por "detritos" deve-se entender qualquer detalhe ou fragmento que possam ser utilizados pelas crianças para a construção de "seu mundo de coisas" e de ideias, como esclareceu o filósofo alemão.[37]

Embora tenha sido proferida na primeira metade do século passado, essa ideia ainda hoje parece nova e desafiadora. Daí por que muitos prefiram entender a infância, ou a criança, como uma faixa etária "incompleta", consumidora passiva de produtos culturais elaborados pelo grupo social, os quais visam torná-la um ser humano "evoluído", "completo", vale dizer "adulto".

Nesse sentido, cabe perguntar, como o fez Jean-François Lyotard, se aquilo que chamamos de humano no homem não seria a "miséria inicial da sua infância ou a sua capacidade de adquirir uma 'segunda' natureza que, graças à língua, o torna apto a partilhar da vida comum, da consciência e da razão adultas?" A despeito dessa questão, Lyortad conclui que, "num ponto, estamos de acordo: esta última assenta e suporta a primeira. A questão é apenas de saber se esta dialética, seja qual for o nome com que a enfeitamos, não deixa vestígios".[38]

O fato é que, a julgar pelo que disseram os teóricos mencionados acima, essa dialética deixa, sim, muitos vestígios. Se não o deixasse, segundo Lyotard,

> seria inexplicável, para o próprio adulto, não apenas que ele tenha de lutar continuamente para assegurar a sua conformidade

---

[37] BENJAMIN, op. cit., p. 238.
[38] LYOTARD, Jean-François. *O inumano*: considerações sobre o tempo. Lisboa: Estampa, 1997, p. 11. Segundo a tese de Maurice Blanchot e Emmanuel Lévinas, a imagem da infância é a "imagem de uma infância morta", que evoca a tentativa de representar aquilo que não fala, que não participa do regime do discurso e que não tem singularidade, já que a característica da infância é "uma certa incapacidade de se expressar, a qual a criança aprende, todavia, a superar, apropriando-se do discurso dos outros" (HOPPENOT, Éric; MILON, Alain (orgs.). *Emmanuel Lévinas: Maurice Blanchot, penser la différence*. Paris: Presses Universituar de Paris 10, 2007, p. 84, tradução nossa). Essa tese, a infância morta, implica, entre outras questões, tratar da aquisição da linguagem a partir de um terceiro, o que traria à tona outras teorias, como a de Bakthin e Maurice Merleau Ponty, por exemplo.

com as instituições, e até as ordenar face a um melhor viver comum, mas que o poder de as criticar, a dor de as suportar e a tentação de se lhes escapar persistam em algumas das suas atividades.

Lyotard afirma, quanto a essa última questão ligada à fuga ou resistência à civilização, que ela não se refere apenas "aos sintomas isolados, aos desvios singulares mas ao que, pelo menos na nossa civilização, passa igualmente por institucional: a literatura, as artes, a filosofia." Trata-se, então, como afirma Lyotard, "do rasto de uma indeterminação, de uma infância, que persiste mesmo na idade adulta."[39]

O adulto padrão aspira à plena humanidade, paradoxalmente, "livrando-se" (e ele não teria outra saída, na sociedade atual) da "selvageria obscura da sua infância", através da realização efetiva do espírito "como consciência, conhecimento e vontade"[40], como conclui Lyotard.

Ou seja, para Lyotard, esse título de humano "pode e deve caminhar entre a identidade nativa e a razão instituída ou a instituir-se"[41] por meio da educação, e toda educação é "inumana visto que não funciona sem contrariedades e terror", sem que de alguma forma o espírito e o pensamento sejam castrados.[42]

Contudo, não podemos escapar da educação; se porventura "os humanos nascessem humanos tal como os gatos nascem gatos (com poucas horas de diferença), não seria possível — e nem sequer digo desejável o que torna a questão diferente — educá-los", conclui Lyotard. No

---

[39] LYOTARD, op. cit, p. 11.
[40] Idem, p. 12.
[41] Na opinião de Lyotard, "desprovida da palavra, incapaz da paragem certa, hesitante quanto aos objetos do seu interesse, inapta no cálculo dos seus benefícios, insensível à razão comum, a criança é eminentemente humana, pois a sua aflição anuncia e promete os possíveis. O seu atraso inicial sobre a humanidade, que a torna refém da comunidade adulta, é igualmente o que manifesta a esta última a falta de humanidade de que sofre e o que a chama a tornar-se mais humana." Idem, p. 11.
[42] Idem, p. 12.

entanto, prossegue o filósofo, a certeza de "que devemos educar as crianças é uma circunstância resultante apenas do fato de elas não serem todas pura e simplesmente conduzidas pela natureza, de não estarem programadas. As instituições que constituem a cultura preenchem esta falta natural".[43]

Num outro sentido, mas de certa forma dialogando com as ideias acima, Paulo Freire afirma que

> o cão e a árvore também são inacabados, mas o homem se sabe inacabado e por isso se educa. Não haveria educação se o homem fosse um ser acabado. O homem pergunta: quem sou? De onde venho? Onde posso estar? O homem pode refletir sobre si mesmo e colocar-se num determinado momento, numa certa realidade: é um ser na busca constante de ser mais e, como pode fazer esta autorreflexão, pode descobrir-se como um ser inacabado, que está em constante busca. Eis aqui a raiz da educação.[44]

---

[43] Idem, p. 11.
[44] FREIRE, Paulo. *Educação e mudança*. São Paulo: Paz e Terra, 2007, p. 27.

SOBRE ARTE, UM GOSTO ARTIFICIALMENTE ADQUIRIDO

Para lançarmos um olhar sobre o mundo por meio da arte, faz-se necessário, antes de tudo, nos familiarizarmos com ela. É um ponto pacífico, que não gera controvérsias. O poeta russo Maiakóvski, no início do século XX, dizia que a arte não é para a massa desde a sua origem. Ela só chega a isso no fim de uma soma de esforços, pois é preciso saber organizar a compreensão sobre ela. Nesse mesmo sentido, Erwin Panofsky afirma que "a experiência recreativa de uma obra de arte depende, portanto, não apenas da sensibilidade natural e do preparo visual do espectador, mas também de sua bagagem cultural".[1] No entanto, lembra Panofsky, não há observador "ingênuo", pois mesmo este

> não goza apenas, mas também, inconscientemente, avalia e interpreta a obra de arte; e ninguém pode culpá-lo se o faz sem se importar em saber se sua apreciação ou interpretação estão certas ou erradas, e sem compreender que sua própria bagagem cultural contribuiu, na verdade, para o objeto de sua experiência.[2]

Dentro desse mesmo contexto teórico, em *O amor pela arte*, Pierre Bourdieu e Alain Darbel afirmam que, em arte,

> agrada aquilo de que se tem o conceito ou, de modo mais exato, somente aquilo de que se tem o conceito pode agradar; por conseguinte, o prazer estético, em sua forma erudita, pressupõe a aprendizagem e, neste caso particular, a aprendizagem pela familiaridade e pelo exercício, de modo que, produto artificial

---

[1] Panofsky, Erwin. *Significado nas artes visuais*. São Paulo: Perspectiva, 2007, p. 36.
[2] Idem, ibidem.

da arte e do artifício, este prazer que se vive ou pretende ser vivenciado como natural é, na realidade, prazer culto.[3]

Segundo Bourdieu e Darbel, "o mito de um gosto inato", que não deve nada à aprendizagem nem aos

> acasos da influência, já que seria dado inteiramente desde o nascimento, não é senão uma das expressões da ilusão recorrente de uma natureza culta que preexiste à educação — aliás, ilusão necessariamente inscrita na educação como imposição de um arbitrário capaz de impor o esquecimento do arbitrário das significações impostas e da maneira de impô-las.[4]

Como uma conclusão possível, poder-se-ia afirmar que cabe às instituições, e sobretudo à escola, fazer da cultura, pelo aprendizado metódico, também uma natureza, uma "segunda natureza" ou "estética realizada", já que, como opina Bourdieu, o domínio do código de uma obra da cultura "só pode ser adquirido mediante o preço de uma aprendizagem metódica e organizada por uma instituição expressamente ordenada para esse fim".[5] Adquirido o domínio do código, a experiência vivenciada diante de uma obra de cultura é subjetiva, vivenciada como livre.[6] Entretanto, a cultura é artificialmente adquirida (mesmo que os "virtuoses do gosto" deem a impressão de ter a experiência da graça estética liberada das restrições educacionais e culturais), "pela longa paciência das aprendizagens das quais ela é o produto", como também pelas "condições e condicionamentos sociais que tornam possível a sua revelação".[7]

---

[3] BOURDIEU, Pierre; DARBEL, Alain. *O amor pela arte:* os museus de arte na Europa e seu público. São Paulo: Edusp, 2003, p. 165.
[4] Idem, p. 164.
[5] BOURDIEU, Pierre. *Escritos de educação*. Petrópolis: Vozes, 1998, p. 63.
[6] Para Kant, "[...] tudo conduz a este conceito do gosto: que ele é uma faculdade-de-julgamento de um objeto em referência à *legalidade livre* da imaginação [...]. Só que a *imaginação* ser *livre* e ao mesmo tempo ter *por si* uma legalidade, isto é, trazer consigo uma autonomia, é uma contradição." (KANT, Immanuel. *Textos selecionados*, v. 2. São Paulo: Abril Cultural, 1984, p. 237-8, grifo do autor).
[7] BOURDIEU; DARBEL, op. cit., p. 165.

O domínio de um código cria expectativas implícitas e explícitas, que podem ser, essas sim, livremente vivenciadas e realizadas. De fato, como se lê em *O amor pela arte*, de Bourdieu e Darbel,

> sempre que uma mensagem única é proposta a uma sociedade diferenciada, ela é objeto de uma recepção quantitativa e qualitativa diversificada: sua legibilidade e eficácia são tão fortes, quanto mais diretamente correspondem às expectativas, implícitas ou explícitas, que os receptores ficam devendo à sua educação [...].[8]

Pesquisando o perfil dos frequentadores dos museus na Europa, Bourdieu e Darbel concluíram que a categoria mais representada — "de longe" —, entre o público de museus, é a dos detentores de um diploma de final de estudos secundários.[9] Essa constatação nos faz pensar que os museus (não só os da Europa) se encontram paradoxalmente abertos a todos e fechados à maioria. Porém, para Bourdieu e Darbel, que refletiram sobre como reverter esse paradoxo, "a prática obrigatória pode conduzir ao verdadeiro deleite", do mesmo modo que o "prazer cultivado é irremediavelmente marcado pela impureza de suas origens".[10]

Outra conclusão de sua pesquisa é, compreensivelmente, a de que "as crianças oriundas de famílias cultas que acompanham os pais nas visitas de museus ou exposições adotam, de alguma forma, essa disposição à prática [...], que surgirá de uma prática arbitrária e, antes de tudo, arbitrariamente imposta".[11]

Se a obra de arte só existe, como tal, na medida em que é percebida, isto é, decifrada, pode-se concluir, junto com Bourdieu e Darbel, que

---

[8] Idem, p. 119.
[9] Idem, pp. 113-4.
[10] Idem, p. 9.
[11] Idem, p. 164.

as satisfações inerentes a essa percepção — seja pelo deleite propriamente estético ou de gratificações mais indiretas, como *o efeito de distinção* — são acessíveis apenas àqueles que estão dispostos a se apropriar de tais satisfações por lhe atribuírem *valor*, no pressuposto de que este só pode ser atribuído se eles dispuserem dos meios de conseguir tal apropriação.[12]

O certo é que, como diz a educadora brasileira Ana Mae Barbosa, "uma sociedade só é artisticamente desenvolvida quando ao lado de uma produção artística de alta qualidade há também uma alta capacidade de entendimento desta produção pelo público".[13] Ou seja, a comunicação entre a obra e o público é um pressuposto de que não se pode abrir mão, mesmo que essa comunicação seja paradoxal, ou aparentemente impossível, conforme se sabe.

Adotando perspectiva similar, o ensaísta Teixeira Coelho discute a arte no espaço público brasileiro, considerando muitas dessas questões cruciais. Coelho afirma que a arte — contemporânea, principalmente —, no espaço público brasileiro, não é aceita pela população, razão pela qual não consegue cumprir seu papel de arte pública:

> A arte, porém, ainda é um enigma social para este país, e isto vale tanto para a população carente e inculta quanto para as elites, das econômicas às acadêmicas. A burguesia brasileira não firmou, em 500 anos, nenhuma tradição semelhante à observada nos EUA, onde a proliferação de fundações dedicadas à conservação das obras de arte, à facilitação do acesso à cultura pelo maior número possível de pessoas e à multiplicação de novas obras, é um fenômeno facilmente observável e que se apresenta sob a roupagem de autêntica prática social. E mesmo a universidade brasileira e o sistema acadêmico como um todo (incluindo as agências de fomento) ainda não atribuíram à arte foros de plena cidadania. Sob esse aspecto, a universidade brasileira continua vivendo seu momento de modernidade (ou falsa modernidade) porque lastreada na crença da supremacia da razão científica, que nem sempre se distingue da mera razão técnica. A arte, domínio da razão sensível, continua sendo vista

---

[12] BOURDIEU; DARBEL, op. cit., p. 160, grifo do autor.
[13] BARBOSA, Ana Mae. *A imagem no ensino da arte*. São Paulo: Perspectiva, 2005, p. xiii.

como apêndice do corpo social, algo que se reconhece existir, que talvez cumpra alguma função que não se sabe bem qual seja e que pode ser eliminado cirurgicamente sem que qualquer mal visível daí advenha para o corpo de onde foi retirado. Não há muito lugar para a arte na universidade brasileira, não há lugar para a arte na sociedade brasileira.[14]

Uma vez que a cultura só se realiza ao negar aparentemente (ou paradoxalmente) seu caráter artificial e o fato de que foi artificialmente adquirida, como, então, no âmbito da escola, em particular a do ensino básico, introduzir as crianças e os jovens na ideia de plena fruição das obras de arte? Quem são essas crianças e esses jovens a quem devemos "ensinar" o gosto pela arte? A partir de uma definição de infância, justamente, creio ser possível oferecer uma resposta, mesmo que parcial, a essas indagações.

---

[14] COELHO, Teixeira. *Guerras culturais*. São Paulo: Iluminuras, 2000, p. 115.

SOBRE ARTE, ÉTICA E EDUCAÇÃO

Como afirma o crítico Teixeira Coelho, num ensaio sobre a arte, "no mínimo, uma arte para valer deveria proporcionar a seu detentor uma oportunidade de aprimorar sua cultura, seu espírito, seu modo de ver o mundo: é a arte como educação".[1]

Essa posição não endossa a tese iluminista de que a arte deveria "servir ao homem e, acima de tudo, à humanidade". Ao contrário, "a arte como educação" é, segundo Teixeira Coelho, "a ideia de uma arte livre desse encargo, de uma arte não a serviço da sociedade, mas em tensão com ela, é a utopia que retorna para a arte".[2]

Na opinião do poeta francês Paul Valéry, citado pelo crítico brasileiro, a arte seria, aliás, "'o *métier* pelo *métier*. Não se faz nada de bom sem essa doutrina e este interesse apaixonado pelas vaidades. Capital é bem fazer sua obra. A intenção não conta. Fazer algo ruim com boas intenções etc.'".[3] Ou seja, fazer algo esteticamente ruim com boas intenções não vale como arte.

Pensar a arte livre de um conceito, mas feita para gerar conceitos, requer que o professor seja um educador e não apenas mero instrutor. Ensinar arte, sem uma cartilha pronta para seguir, e, no caso da literatura, sem a abominável classificação por faixa etária, determinada pela "suspeitosa raça de psicopedagogos", na expressão do escritor argentino César Aira, requer uma postura ética por parte do educador, que terá de, a cada momento, reavaliar seus conceitos e suas atitudes.

---

[1] COELHO, Teixeira. *Arte e utopia. Arte de nenhuma parte.* São Paulo: Brasiliense, 1987, p. 33.
[2] Idem, p. 41.
[3] VALÉRY apud COELHO, *Arte e utopia. Arte de nenhuma parte*, op. cit., p. 41.

Portanto, é sobre a noção de ética que pretendo me ater agora, uma vez que, sem a possibilidade de uma experiência ética, resta-nos a imposição de um destino engessado em determinados conceitos e em determinada época e sociedade, a qual se encontra distante, podemos concluir, dos seres "histórico-sociais" que somos.

Num pequeno ensaio intitulado "Ensinar exige estética e ética", incluído no livro *Pedagogia da autonomia*,[4] Paulo Freire afirma que, como "seres histórico-sociais", somos capazes de comparar, de valorar, de intervir, de escolher, de decidir, de romper e, justamente por isso, nos fazemos seres éticos. Desse modo, na opinião de Freire, somos éticos porque "estamos sendo"; isto é, "estar sendo" é a condição do ser ético.[5] Aqui, o ensaio de Paulo Freire encontra uma confirmação em "Ética", publicado em *A comunidade que vem*,[6] de Giorgio Agamben: no referido ensaio, o filósofo italiano afirma que

> o fato de onde deve partir todo o discurso sobre a ética é o de que o homem não é nem terá de ser ou de realizar nenhuma essência, nenhuma vontade histórica ou espiritual, nenhum destino biológico. É a única razão por que algo como a ética pode existir: pois é evidente que se o homem fosse ou tivesse de ser esta ou aquela substância, este ou aquele destino, não existiria nenhuma experiência ética possível — haveria apenas deveres a realizar.[7]

Não romperíamos, acrescento eu, as fronteiras do reino da instrução, incapazes que seríamos de aceder ao espaço da educação.

Vale lembrar, a esse respeito, o que disse Walter Benjamin, ou seja, que a vontade do ser humano compreende a sua obrigação para com a lei ética; esgota-se nesse fato o seu significado ético. Portanto, para Benjamin, a lei ética

---
[4] Freire, Paulo. *Pedagogia da autonomia*. São Paulo: Paz e Terra, 2008.
[5] Idem, p. 33.
[6] Agamben, Giorgio. *A comunidade que vem*. Lisboa: Presença, 1993.
[7] Idem, p. 38.

não exige que se realize este ou aquele ato concreto, mas sim que o ético seja realizado. A lei ética é norma do agir, mas não o seu conteúdo. Ela não se deixa apreender com maior exatidão pelos meios do intelecto, isto é, de maneira universalmente válida.

Como lemos no ensaio de Paulo Freire, não é possível pensar o ser humano fora da ética; por isso, "transformar a experiência educativa em puro treinamento técnico é amesquinhar o que há de fundamentalmente humano no exercício educativo: o seu caráter formador". Formar, diz Freire, é educar, no sentido de "emancipar o pensamento", é "pensar certo", sendo que o pensar certo é o pensamento ético, o qual abre sempre a possibilidade de ser revisto, desde que se busque segurança na nova argumentação, já que, na opinião do educador, "pensar certo demanda profundidade e não superficialidade na compreensão e na interpretação dos fatos". Além disso, afirma Freire, "pensar certo implica a existência de sujeitos que pensam mediados por objeto ou objetos sobre que incide o próprio pensar dos sujeitos".[8] A arte é um desses objetos, uma dessas máquinas que provocam o pensar e, portanto, não poderiam estar nem a favor nem contra a sociedade, mas em tensão com ela.

Não poderia deixar de mencionar, nesta discussão sobre ética em que estou elencando e citando, um a um, os autores que considero neste momento imprescindíveis, uma passagem do ensaio "Educação após Auschwitz", do filósofo alemão Theodor Adorno. Ele lembra de um determinado crítico que, ao falar sobre a peça *Mortos sem sepultura*, do escritor e filósofo francês Jean Paul Sartre, procurou se "subtrair ao confronto com o horror" de que a peça tratava, torcendo a questão como se devêssemos falar de algo mais nobre do que o próprio horror. O perigo dessa crítica, segundo Adorno, é não se permitir sequer o contato

[8] FREIRE, op. cit., p. 33.

com determinadas questões, "rejeitando até mesmo quem apenas a menciona", como se, ao fazê-la sem rodeios, este se tornasse antiético, fosse o responsável pelos fatos, afastando a culpa de quem realmente a detém.[9]

Quando Adorno fala de educação após Auschwitz, ele se refere a uma educação que permitiria uma crítica e um olhar autônomos sobre o mundo, os quais não se convertem em "passaporte moral", com o objetivo de identificar determinada pessoa como "cidadão confiável", como diz o filósofo. A tentativa de transformar a crítica em passaporte moral pode, isso sim, produzir "rancores raivosos psicologicamente contrários à sua destinação original".[10]

Para se adquirir essa autonomia de pensamento diante dos objetos (a arte, por exemplo) que se apresentam no mundo, Adorno vê a necessidade de enfatizar dois tópicos em especial: 1) "a educação infantil, sobretudo na primeira infância"; e 2) o esclarecimento geral que "produz um clima intelectual, cultural e social" e que não permite que a barbárie se repita.[11]

Portanto, o esclarecimento é essencialmente ético, pois não permite que se absorvam apenas as técnicas (no caso da educação: as técnicas das disciplinas oferecidas nas escolas, das maneiras de se perceber a arte etc.), mas busca trazer à consciência o que elas significam na sociedade.

A respeito da técnica, Adorno recrimina as técnicas "fetichizadas", que se encontram desconectadas da consciência das pessoas. Para o filósofo, o uso da técnica sem consciência leva uma pessoa, por exemplo, que "projeta um sistema ferroviário para conduzir as vítimas de Auschwitz com maior rapidez e fluência, a esquecer o que acontece com essas vítimas de Auschwitz". Ou ainda, continua o filósofo alemão, o uso da técnica sem consciência pode nos

[9] ADORNO, Theodor. *Educação e emancipação*. Rio de Janeiro: Paz e Terra, 2003, p. 125.
[10] Idem, p. 124.
[11] Idem, p. 123.

transformar na centopeia de uma determinada anedota infantil que, "quando perguntada por que movimenta cada uma de suas pernas, fica inteiramente paralisada e incapaz de avançar um passo sequer".[12]

Para citar e recomendar outro livro que considero igualmente pertinente, lembro que em *Modernidade e holocausto*, Zygmunt Bauman propõe uma discussão sobre a "tecnologia moralizadora", que de certa forma se aplica por analogia ao sistema educacional. Diz-se ali que

> um dos aspectos mais notáveis do sistema burocrático de autoridade é, no entanto, a probabilidade decrescente de que a singularidade moral da ação da pessoa jamais seja descoberta e, uma vez descoberta, se torne um penoso dilema moral. Numa burocracia, as preocupações morais dos funcionários são afastadas do enfoque na situação angustiosa dos objetos da ação. São forçosamente desviadas em outra direção — a tarefa a realizar e a excelência com a qual é realizada. Não importa tanto como passam e se sentem os objetos da ação.[13]

Num sistema educacional autoritário, "dever" e "disciplina" seriam, portanto, os principais conceitos morais, não éticos, pois, como enfatizou Agamben, o homem não tem de ser nem tem de realizar nenhuma essência.

Uma educação ética, ao contrário, seria aquela que permite a experiência, a emancipação do pensamento e a formação de um pensamento crítico. É por isso que, num outro ensaio, "Educação – Para quê?", Adorno afirma, a propósito, que a tarefa do pedagogo deveria ser a de "reunir na educação simultaneamente princípios individualistas e sociais, [...] adaptação e resistência".[14]

A arte pode escolher tudo quanto a ideologia dominante esquece, evita ou repele, embora possa partilhar os mesmos valores de outros homens também engajados na resistência

---

[12] Idem, p. 140.
[13] BAUMAN, Zygmunt. *Modernidade e holocausto*. Rio de Janeiro: Jorge Zahar, 1998, pp. 186-7.
[14] ADORNO, op. cit., p. 144.

a antivalores. Mas "não são os valores em si que distinguem um narrador resistente e um militante da mesma ideologia. São os modos próprios de realizar esses valores",[15] diz o crítico literário Alfredo Bosi, e prossegue:

> deploremos, sim, as opções infelizes desses escritores, enquanto cidadãos, mas guardemos em face dos seus textos uma independência de vistas e uma largueza de julgamento que saiba enfrentar o árduo problema das relações entre poesia e ideologia [...]. Tão ou mais funesto, se dá quando leitores ultraideologizantes condenam antivalores supostamente representados ou promovidos pelas imagens do poema.[16]

Ou seja, não se pode esquecer que a crítica ideologizante muitas vezes se mostra cega ao modo de ser do poema, ou da arte, cujos significados são expressos em linguagem figural e simbólica: logo, polissêmica.

O fato é que sempre, como já sabemos, "o significado da obra de arte reside no espaço entre o artista e o espectador", para voltar a Zygmunt Bauman,

Por isso, na arte, na literatura, especificamente, deve-se mesmo concordar com Oscar Wilde, quando diz que "talvez não existam livros imorais, mas existem leituras que o são, claramente".[17]

Por fim, para acrescentar mais uma citação ao meu já vasto painel de citações, lembraria esta opinião do dramaturgo e romancista Ariano Suassuna, para quem "[...] passadas a infância e a adolescência, chegando o homem à idade adulta e à maturidade, não será uma obra de arte que irá induzi-lo, ou não, à prática do Bem e do Mal".[18] Lembro, no entanto, que isso só poderá acontecer com aquele adulto que teve uma educação infantil embasada na ética e na "arte como educação".

---

[15] Bosi, Alfredo. *Literatura e resistência*. São Paulo: Companhia das Letras, 2002, p. 123.
[16] Idem, p. 123.
[17] Borges, Jorge Luis. *Borges en Sur 1931-1980*. Buenos Aires: Emecé, 1999, p. 297.
[18] Suassuna, Ariano. *Iniciação à estética*. Rio de Janeiro: José Olympio, 2004, p. 248.

REFERÊNCIAS

ADORNO, Theodor. *Educação e emancipação*. Rio de Janeiro: Paz e Terra, 2003.
_____; HORKHEIMER, Max. *Dialética do esclarecimento*. Rio de Janeiro: Jorge Zahar Editor.
AGAMBEN, Giorgio. *Profanações*. São Paulo: Boitempo, 2007.
_____. *A linguagem e a morte:* um seminário sobre o lugar da negatividade. Belo Horizonte: UFMG, 2006.
_____. *Infância e história:* destruição da experiência e origem da história. Belo Horizonte: UFMG, 2005.
_____. *Ideia da prosa*. Lisboa: Cotovia, 1999.
_____. *A comunidade que vem*. Lisboa: Presença, 1993.
AMORIM, Lauro Maia. *Tradução e adaptação:* encruzilhadas de textualidade em *Alice no País das Maravilhas*, de Lewis Carroll, e *Kim*, de Rudyard Kipling. São Paulo: Unesp, 2005.
ANDERSEN, Hans Christian. *Histórias e contos de fadas*, v. 1. Belo Horizonte: Villa Rica, 1996.
ANTELO, Raúl. *Tempos de Babel:* anacronismo e destruição. São Paulo: Lumme, 2007.
AS MIL e uma noites. Rio de Janeiro: Ediouro, 2001.
ÁVILA, Myriam. *Rima e solução:* a poesia nonsense de Lewis Carroll e Edward Lear. São Paulo: Annablume, 1996.
AZEVEDO, Carmen Lucia de; CAMARGOS, Marcia; SACCHETTA, Vladimir. *Monteiro Lobato, furacão na Botocúndia:* edição compacta. São Paulo: Senac, 2000.
BADIOU, Alain. *Pequeno manual de inestética*. São Paulo: Estação Liberdade, 2002.

BARBOSA, Ana Mae. *A imagem no ensino da arte*. São Paulo: Perspectiva, 2005.

BARTHES, Roland. *O rumor da língua*. São Paulo: Martins Fontes, 2004.

BAUDELAIRE, Charles. *Critique d'art suivi de critique musicale*. Paris: Gallimard, 1992.

_____. *A modernidade de Baudelaire*. Teixeira Coelho (org. e seleção). São Paulo: Paz e Terra, 1988.

BAUDRILLARD, Jean. *Tela total:* mito-ironias do virtual e da imagem. Porto Alegre: Sulinas, 2002.

BAUMAN, Zygmunt. *Vida líquida*. Rio de Janeiro: Jorge Zahar Editor, 2007.

_____. *Modernidade e holocausto*. Rio de Janeiro: Jorge Zahar Editor, 1998.

BELINKY, Tatiana (Org.). *Antologia de peças teatrais*: mas esta é uma outra história... São Paulo: Editora Moderna, 2005.

BENJAMIN, Walter. *Reflexos sobre a criança, o brinquedo e a educação*. São Paulo: Editora 34, 2002.

_____. *Magia e técnica, arte e política* ensaios sobre literatura e história da cultura. São Paulo: Brasiliense, 1994.

_____. *Magia e técnica, arte e política:* ensaios sobre literatura e história da cultura. São Paulo: Brasiliense, 1985.

BENSE, Max. *Pequena estética*. São Paulo: Perspectiva, 1971.

BETTELHEIM, Bruno. *A psicanálise dos contos de fadas*. Rio de Janeiro: Paz e Terra, 1980.

BLANCHOT, Maurice. *A parte do fogo*. Rio de Janeiro: Rocco, 1997.

BLOOM, Harold (Org.). *Contos e poemas para crianças extremamente inteligentes de todas as idades*. Rio de Janeiro: Objetiva, 2003. v. 1.

_____. *Obras completas I*. São Paulo: Globo, 1999.

BORGES, Jorge Luis. *Borges en Sur 1931-1980*. Buenos Aires: Emecé, 1999.
BOSI, Alfredo. *Literatura e resistência*. São Paulo: Companhia das Letras, 2002.
BOURDIEU, Pierre; DARBEL, Alain. *O amor pela arte:* os museus de arte na Europa e seu público. São Paulo: Edusp, 2003.
BOURDIEU, Pierre. *Escritos de educação*. Petrópolis: Vozes, 1998.
BOURRIAUD, Nicolas. *Esthétique relationalle*. Paris: Les Presses du Réel, 2001.
BRASIL. Conselho Nacional de Educação. *Parecer CNE/CEB n. 15/20210*. Disponível em: <http://portal.mec.gov.br/index.php?option=com_content&view=article&id=12992:diretrizes-para-a-educacao-basica&catid=323:orgaos-vinculados>. Acesso em: 19 mar. 2012
BURTON, Tim. *O triste fim do pequeno menino ostra e outras histórias*. São Paulo: Girafinha, 2007.
CACUDO, Luis da Câmara. *Literatura oral no Brasil*. Belo Horizonte: Itatiaia, 1984.
_____. *Dicionário do folclore brasileiro*. Belo Horizonte: Itatiaia, 1984.
CALVINO, Italo. *De fábula*. Madri: Siruela, 1990, p. 88-89
_____. *Fábulas italianas*. São Paulo: Companhia das Letras, 2005.
_____. *Por que ler os clássicos*. São Paulo: Companhia das Letras, 2007.
CANCLINI, Néstor García. *Leitores, espectadores e internautas*. São Paulo: Iluminuras, 2008.
CARPEAUX, Otto Maria. *Ensaios reunidos.* Rio de Janeiro: UniverCidade Editora; Topbooks, 2004. v. 1.
CARROLL, Lewis. *Alice:* edição comentada. Rio de Janeiro: Jorge Zahar Editor, 2002.

_____. *Aventuras de Alice no País das Maravilhas/Através do espelho*. Rio de Janeiro: Summus, 1977.

CASARES, Adolfo Bioy. *Borges*. Buenos Aires: Destino, 2006.

CERVANTES, Miguel de. *Dom Quixote de la Mancha*. Tradução e adaptação: Ferreira Gullar. Rio de Janeiro: Revan, 2002.

COELHO, Marcelo. *A professora de desenho e outras histórias*. São Paulo: Companhia das Letrinhas, 2006.

COELHO, Marcelo. *Leituras com idade certa?* 2008. Disponível em: <http://marcelocoelho.folha.blog.uol.com.br/paisefilhos/arch2008-05-01_2008-05-31.html>. Acesso em: 19 mar. 2012.

COELHO, Teixeira. *Guerras culturais*. São Paulo: Iluminuras, 2000.

_____. *Arte e utopia:* arte de nenhuma parte. São Paulo: Brasiliense, 1987.

COMPAGNON, Antoine. *O trabalho da citação*. Belo Horizonte: Editora da UFMG, 1996.

DELEUZE, Gilles. *Lógica do sentido*. São Paulo: Perspectiva, 2003.

DEBRAY, Régis. *Acreditar, ver, fazer*. Bauru: EDUSC, 2003.

DERRIDA, Jacques. *Torres de Babel*. Belo Horizonte: UFMG, 2002.

DIDI-HUBERMAN, Georges. *Génie du non-lieu: air, poussière, empreintre, hantise*. Paris: Les Éditions de Minuit, 2001.

DIWAN, Pietra. *Raça pura:* uma história da eugenia no Brasil e no mundo. São Paulo: Contexto, 2007.

ECO, Umberto. *Quase a mesma coisa*. Rio de Janeiro: Record, 2007.

ELIOT, T.S. *Selected prose of T.S.Eliot*. Londres: Faber and Faber, 1980.

ESSLIN, Martin. *O teatro do absurdo*. Rio de Janeiro: Zahar Editores, 1968.

FERREIRA, Aurelio Buarque de Holanda. *Aurélio século XXI*: o dicionario da língua portuguesa. Rio de Janeiro Nova Fronteira, 1999. 2128 p.

FISCHER, Ernst. *A necessidade da arte*. Rio de janeiro: Zahar Editor, 1967.

FONSECA, Jair Tadeu da. *Sobre literatura, crianças, adultos e outros bichos*. 2008. Disponível em: <http://www.centopeia.net/secoes/?ver=175&secao=infanto&pg=1>. Acesso em: 19 mar. 2012.

FREIRE, Paulo. *Pedagogia da autonomia*. São Paulo: Paz e Terra, 2008.

_____. *Educação e mudança*. São Paulo: Paz e Terra, 2007.

_____. *Pedagogia do oprimido*. São Paulo: Paz e Terra, 2007.

GRIMM, Jacob; GRIMM, Wilhelm. *Contos de Grimm*. Florianópolis: Paraula, 1998.

HANSEN, João Adolfo. *Alegoria:* construção e interpretação da metáfora. Campinas: Editora da Unicamp, 2006.

HARK, Ina Rae. *Edward Lear*. Boston: Twayne Publishers, 1982.

HEIDEGGER, Martin. *Ser e tempo*. Petrópolis: Vozes, 1997. Parte 1.

_____. *Todos nós... ninguém:* um enfoque fenomenológico do social. São Paulo: Editora Moraes, 1981.

HEGEL, G. W. F. *O Belo na arte*. São Paulo: Martins Fontes, 1996.

HOPPENOT, Eric; MILON, Alain (Org.). *Emmanuel Lévinas – Maurice Blanchot, penser la différence*. Paris: Presses Universitaire de Paris 10, 2007.

HUXLEY, Aldous. *On the margin*. Londres: Chatto &Windus, 1971.

IONESCO, Eugène. *Ionesco's tales for people under 3 years of age*. Paul Verdier (Org.). Hollywood: Stages Theatre Press, 2004.

JOYCE, James. *O gato e o diabo*. Tradução de Antônio Houaiss. Rio de Janeiro: Record, 2002.

_____. *O gato e o diabo*. Tradução de Dirce Waltrick do Amarante. São Paulo: Iluminuras, 2012.

JOYCE, James. *Le chat et le diable*. Tradução revista por Solange e Stephen James Joyce. Paris: Gallimard Jeunesse, 1994.

KAFKA, Franz. *Contos:* a colônia penal e outros contos. Rio de Janeiro: Ediouro, [19--].

KANT, Immanuel. *Textos selecionados*. São Paulo: Abril Cultural, 1984. v. 2.

LAJOLO, Marisa; ZILBERMAN, Regina. *Literatura infantil brasileira:* história e histórias. São Paulo: Ática, 2004.

LAJOLO, Marisa; CECCANTINI, João Luís. *Monteiro Lobato, livro a livro*. São Paulo: Editora UNESP/ Imprensa Oficial do Estado de São Paulo, 2008.

LEAR, Edward. *Adeus, ponta do meu nariz!* Organização e tradução: Marcos Maffei. São Paulo: Hedra, 2003.

LECERCLE, Jean-Jacques. *Philosophy of nonsense*. Nova Iorque: Routledge, 1994.

LECHTE, John. *50 pensadores contemporâneos essenciais do estruturalismo à pós-modernidade*. Rio de Janeiro: Difel, 2002.

LÉVY, Pierre. *Cibercultura*. São Paulo: Editora 34, 2001.

LEWIS, C. S. *As crônicas de Nárnia*. São Paulo: Martins Fontes, 2005.

LIMA, Luiz Costa (Org.). *Teoria da cultura de massa*. São Paulo: Paz e Terra, 2005.

LINK, Daniel. *Como se lê e outras intervenções críticas*. Chapecó: Argos, 2002.

LISBOA, Henriqueta. *Literatura oral para a infância e a juventude*. São Paulo, Peirópolis, 2002.

LLANSOL, Maria Gabriela. *Os cantores de leituras*. Lisboa: Assírio & Alvim, 2007.

LOBATO, Monteiro. *O presidente negro*. São Paulo: Globo, 2008.

_____. *Caçadas de Pedrinho*. São Paulo: Brasiliense, 2005.

_____. *Emília no País da Gramática*. São Paulo: Brasiliense, 2005.

_____. *Histórias de Tia Nastácia*. São Paulo; Brasiliense, 2005.

_____. *O poço do Visconde*. São Paulo: Brasiliense, 1972.

LYOTARD, Jean-François. *Lecturas de infancia*. Buenos Aires: Eudeba, 1997.

_____. *O inumano:* considerações sobre o tempo. Lisboa: Editorial Estampa, 1997.

MACHADO, Ana Maria. *Balaio:* livros e leituras. Rio de Janeiro: Nova Fronteira, 2007.

_____. *Como e por que ler os clássicos desde cedo*. Rio de Janeiro: Objetiva, 2002.

MANGUEL, Alberto. *Uma história da leitura*. São Paulo: Companhia das Letras, 2006.

MCLUHAN, Stephanie; STAINES, David. *McLuhan por MacLuhan*. Rio de Janeiro: Ediouro, 2005.

MEDEIROS, Sérgio (Org.). *Makunaíma e Jurupari:* cosmogonias ameríndias. São Paulo: Perspectiva, 2002.

MEIRELES, Cecília. *Problemas da literatura infantil*. Rio de Janeiro: Nova Fronteira, 1984.

MORAES, Antonieta Dias de. *Reflexos da violência na literatura infantojuvenil*. São Paulo: Letras e Letras, 1991.

MUSIL, Robert. *"O melro" e outros escritos de "Obra póstuma publicada em vida"*. São Paulo: Nova Alexandria, 1996.

OBAMA, Barack. *A origem dos meus sonhos*. São Paulo: Editora Gente, 2008.

OG, Daniel; ALLEX, Alan (Org). *Irmãos Grimm em quadrinhos*. Rio de Janeiro: Desiderata, 2007.

PANOFSKY, Erwin. *Significado nas artes visuais*. São Paulo: Perspectiva, 2007.
PARMIGGIANI, Claudio. *L'isola del silenzo*. Turim: Umberto Allemandi & C., 2006.
PEREC, Georges. *W ou le souvenir d'enfance*. Paris: Gallimard, 2007.
PERRAULT, Charles. *Contes*. Paris: Gallimard, 1981.
_____. *Alexandre e outros heróis*. Rio de Janeiro: Objetiva, 2006.
PHILLIPS, Robert (org.). *Aspects of Alice*. Harmondsworth: Penguin Books, 1971.
PIGLIA, Ricardo. *O último leitor*. São Paulo: Companhia das Letras, 2006.
PUPO, Maria Lúcia de Souza B. *No reino da desigualdade*. São Paulo: Perspectiva, 1991.
RAMOS, Graciliano. *Infância*. Rio de Janeiro: Record, 2000.
RANCIÈRE, Jacques. *O mestre ignorante:* cinco lições sobre a emancipação intelectual. Belo Horizonte: Autêntica, 2005.
_____. *Malaise dans l'esthétique*. Paris: Galilée, 2004.
_____. *L'inconscient esthétique*. Paris: Galilée, 2001.
SANTIAGO, Silviano. *Ora (direis) puxar conversa!*: ensaios literários. Belo Horizonte: UFMG, 2006.
_____. *O cosmopolitismo pobre:* crítica literária e crítica cultural. Belo Horizonte: UFMG, 2004.
SCHÜLER, Donaldo. *Finnício Riovém*. Rio de Janeiro: Lamparina, 2004.
SELIGMANN-SILVA, Márcio. *O local da diferença*. São Paulo: Editora 34, 2005.
SERRES, Michel. *O terceiro instruído*. Lisboa: Instituto Piaget, [19--].
SHAW, Bernard. *O teatro das ideias*. São Paulo: Companhia das Letras, 1996.
SILVA, Tomaz Tadeu. *Documentos de edentidade*: uma introdução às teorias do currículo. São Paulo: Autêntica, 2007.

STRECK, Danilo; REDIN, Euclides; ZITKOSKI, Jaime José (Org.). *Dicionário Paulo Freire*. Belo Horizonte: Autêntica, 2008.

STEWART, Susan. *Nonsense*. Baltimore: John Hopkins University Press, 1989.

SUASSUNA, Ariano. *Iniciação à estética*. Rio de Janeiro: José Olympio, 2004.

TAVARES, Braulio. *Contando histórias em versos*. São Paulo: Editora 34, 2005.

TIGGES, Wim. *An anatomy of literary nonsense*. Amsterdã: Rodopi, 1988.

TOLKIEN, J. R. R. *Sobre histórias de fadas*. São Paulo: Conrad Editora do Brasil, 2006.

VALENTE, César. Ziraldo e o amigo LHS. 2008. Disponível em: <http://deolhonacapital.blogspot.com/2008/10/ziraldo-e-o-amigo-lhs.html>. Acesso em: 19 mar. 2012.

VICO, Giambattista. *Princípios de (uma) ciência nova*: acerca da natureza comum das nações. São Paulo: Abril Cultural, 1984.

VIRILIO, Paul. *A máquina de visão*. Rio de Janeiro: José Olympio, 2002.

YOUNG, Robert. *Desejo colonial:* hibridismo em teoria, cultura e raça. São Paulo: Perspectiva, 2005.

WOOLF, Virginia. *Objetos sólidos*. São Paulo: Siciliano, 1992.

ZILBERMAN, Regina. *Como e por que ler a literatura infantil brasileira*. Rio de Janeiro: Objetiva, 2005.

ZILBERMAN, Regina (Org.). *A produção cultural para a criança*. Porto Alegre: Mercado Aberto, 1990.

ZINANI, Cecil Jeanine Albert; SANTOS, Salete Rosa Pezzi dos (Org.). *Multiplicidade dos signos:* diálogos com a literatura infantil e juvenil. Caxias do Sul: Educs, 2004.

CADASTRO
ILUMI/URAS

Para receber informações
sobre nossos lançamentos e
promoções envie e-mail para:

cadastro@iluminuras.com.br

Este livro foi composto em Garamond pela *Iluminuras* e terminou de ser impresso no dia 31 de agosto de 2012 nas oficinas da *Bartira Gráfica*, em São Paulo, SP, em papel off-white 70 gramas.